LES DE L'HOQUEI: L'ESTIU QUE ENS VA FER CRÉIXER

ONA ANGLADA
LAURA AZEMAR
NATÀLIA BOADAS
MARTA VIVET

LES DE L'HOQUEI: L'ESTIU QUE ENS VA FER CRÉIXER

ROSA DELS VENTS

Paper certificat pel Forest Stewardship Council®

MIXT
Paper procedent de fonts responsables
FSC® C117695

Primera edició: abril del 2020

Publicat per Rosa dels Vents, un segell de Penguin Random House Grupo Editorial, S. A. U.

Printed in Spain – Imprès a Espanya

ISBN: 978-84-17909-47-5
Dipòsit legal: B-1.763-2020

Compost a EDITEC EDICIONS

Imprès a Black Print CPI Ibérica
Sant Andreu de la Barca (Barcelona)

VT 0 9 4 7 A

Penguin
Random House
Grupo Editorial

Per a aquelles adolescents
que lluiten per canviar el món.

I per a les persones que ens han ajudat,
ens ajuden i ens ajudaran a créixer.

Sumari

1

Berta

Quan arribo al pavelló, que s'aixeca impertèrrit enmig de la fosca de la nit, em sento més sola que mai. A la butxaca duc les claus que he agafat d'estranquis a la Terrats (com que em sento una mica malament, no m'atreveixo a dir-li tieta) i, a la motxilla, una ampolla de ginebra i una de rom mig plenes. I dic mig plenes i no mig buides perquè, tot i que les vaig comprar fa gairebé tres mesos, estan quasi intactes. Durant l'estiu no n'he begut perquè no he sortit de festa, amb prou feines he estat amb les meves amigues del Minerva. Potser ho hauria de posar entre cometes, així: «amigues».

Baixo de la bicicleta, l'aparco a la tanca de sempre i hi passo el cadenat. Hauria d'haver inflat les rodes abans de sortir de casa, però no ho he fet perquè no entrava dins dels meus plans, i fer-ho era acceptar la meva derrota. Mentalment, afegeixo una accepció a l'entrada del diccionari:

> Bicicleta *f.* 1. Vehicle lleuger de dues rodes. 2. Símbol patètic del meu fracàs.

I si això confirma la imatge que teniu de mi, de rata de biblioteca i de dramàtica, m'és ben igual. Resulta que soc així, i cada intent de canviar-ho em retorna com un bumerang a la casella d'inici.

El cas és que jo tenia un pla, tot calculat i pautat, per al que havia de ser el millor estiu de la meva vida. M'havia tret el batxillerat amb matrícula d'honor i a la tardor començaria la carrera de Medicina, com sempre havia somiat. Podia ser el parèntesi ideal que posaria punt final a la meva adolescència de manera clara, concisa, neta. El meu informe mental era convincent i només tenia una nota a peu de pàgina:

Seria fàcil dir que tinc altres motius per considerar aquest estiu el punt àlgid de la meva vida: hem salvat l'equip d'hoquei del qual soc capitana, la meva tieta ha estat escollida presidenta del club i la meva mare ha sortit del centre de salut mental on residia i ha tornat a casa. Però calcular les variables de tots aquests valors és una tasca massa complexa (havia apuntat «complexa» després de ratllar «dolorosa» i «contradictòria»), així que les he ignorat convenientment a l'hora de traçar el meu full de ruta.

La primera fase d'aquest pla perfecte consistia a treure'm el carnet de conduir. Semblava fàcil, oi? Quin percentatge de joves de divuit anys es deuen treure el carnet cada any? Doncs bé, aquest és el meu fracàs i el motiu pel qual segueixo anant pel món amb bicicleta.

Començava l'estiu i jo ho tenia clar: si em treia el carnet, l'horitzó de possibilitats s'expandiria com un big-bang. Podríem fer mil i una excursions amb les del Minerva sense dependre dels cotxes dels pares i les mares, del pèssim transport públic o de fer malabarismes per traslladar-nos totes amb moto. Perquè la gent de ciutat no n'és conscient, però ser adolescent en un poble converteix qualsevol escapada en una autèntica gimcana, i jo ja n'estava cansada.

No volia més trajectes eterns amb busos que fan zigazagues per carreteres secundàries ni dependre de ningú perquè em portés. Si em treia el carnet, podria portar l'Emma, la Laila, la Raquel i la Gina amb mi. La Lorena ens seguiria amb la moto, amb la Flor de paquet. Ja ens imaginava, l'equip al complet en direcció a la platja per passar el dia estirades a la sorra com sargantanes, capbussar-nos i fer tombarelles dins del mar, jugar a cartes tot menjant meló i patates de bossa. I després, en el trajecte de tornada, inventant-nos la lletra de la música que sona a la ràdio del cotxe, que fa interferències mentre canvia d'una emissora local a una altra; i l'Emma queixant-se que estiguem escoltant la ràdio, quan ella té una llista de cançons a l'Spotify que és brutal; i la Raquel lamentant-se de no haver-se posat més crema protectora, perquè li han quedat les galtes i el nas cremat, tot i que al meu parer això encara la fa més adorable.

I també podríem anar juntes al riu, aparcar a la devesa i caminar amunt fins a aquella gorga que la Lorena sempre ens diu que ens vol ensenyar; i jo em quedaria asseguda a la roca calenta amb els peus dins l'aigua gelada mentre observo com la Flor convenç la Laila per tirar-se juntes fent la bomba, i se m'escaparia un crit de fàstic quan la Lorena se m'acostés rient amb un grapat de fulles i branquillons coberts d'aquella molsa llefiscosa que sap que no suporto. I, com que hi estaríem pràcticament soles, m'animaria a fer topless com la Gina, perquè no tindria vergonya dels meus mugrons, que no són tan petits i rosadets com m'agradaria. Ella em diria que no entén com això em pot fer sentir insegura, a mi, que vaig tenir la valentia i la seguretat de penjar fotos a l'Instagram reivindicant el meu cos, però jo li contestaria que ser valenta i estar segura de si mateixa no sempre és equivalent.

Com que sempre he sigut molt conscient del perill de fer-se il·lusions abans d'hora (quan era petita em van regalar el conte de la lletera i m'encantava que la mama me'l llegís abans d'anar a dormir i em digués que jo era tan bonica com la nena de les il·lustracions), vaig apuntar-me ràpidament a l'autoescola. El fet que només n'hi hagi una en tot el poble va facilitar bastant la meva elecció. El monopoli indiscutible de l'Autoescola Marginedes li ha permès quedar-se ancorada al passat sense que la seva clientela davallés. És com un peix que es mossega la cua: si vols anar a alguna altra autoescola has de desplaçar-te als pobles veïns, però aquesta no és una opció gaire viable si no pots conduir ni ningú t'hi pot portar. Així que et conformes amb la Marginedes i vas a classes del teòric en una aula on els pupitres tenen gravades dates de fa dues dècades i practiques exàmens de tipus test en un ordinador que encara funciona amb Windows XP.

Mentre feia el curs intensiu per treure'm l'examen teòric, em vaig adonar que passar hores en aquella autoescola no em desagradava del tot. Aquesta sensació de viure en una dimensió paral·lela, on el temps s'havia aturat en un punt inconcret de principis dels 2000, em permetia aïllar-me de la realitat, gairebé com si fes vacances de les vacances. Des que havia acabat l'institut i la temporada d'hoquei, havia començat a passar moltes més hores a casa i havia anat prenent consciència de com canviarien les coses un cop nasqués la criatura de la tieta i passéssim a conviure quatre persones en lloc de les dues que havíem sigut en els últims anys. Estava molt acostumada que fóssim només la tieta i jo, que ens coneixem molt bé i sabem perfectament l'espai que hem de deixar l'una a l'altra. Som persones independents i ens agrada fer la nostra, però alhora sabem trobar moments per estar juntes i fer-nos costat. Ara que la mama havia tornat a viure amb nosaltres i la tieta estava prenyada, era inevitable que la dinàmica familiar es capgirés per complet. El més estrany serien aquests primers mesos, avançant a cegues mentre ens inventaríem a empentes i rodolons els fonaments de la nostra nova llar.

Jutgeu-me, si voleu, per dir que preferia passar els dies a l'autoescola del poble en lloc de ser a casa amb la meva mare. Penseu el que us doni la gana, però heu de saber que jo la mama me l'estimo per sobre de totes les coses i que només vull el millor per a ella. I a vegades dubto si això comporta que visqui amb nosaltres, quan portem un ritme de vida tan diferent al que ella està acostumada. I no negaré que per a mi també és estrany, perquè conec la mama de la meva infància i la mama de les visites del cap de setmana, però a vegades no sé què dir a la mama dels esmorzars de bon matí i els zàpings davant de la tele a mitja tarda. Però sé que si li explico que aviat m'examinaré del teòric perquè quan faig testos sempre em surten menys de dos errors, ella estarà orgullosa de mi. I, en el fons, explotar el meu perfil de bona estudiant per enorgullir la gent que estimo és el truc més vell que conec.

Soc prou bona dissimulant, però la Júlia Terrats em coneix gairebé tant com si m'hagués parit i va adonar-se que alguna cosa no acabava de rutllar. Una nit, havent sopat, quan jo ja m'havia tancat a l'habitació com una ermitana i sota la llum del portàtil buscava quina sèrie mediocre podia començar a endrapar, va irrompre al meu cau sense ni trucar a la porta. Vaig sobresaltar-me. Ella es va quedar tallada.

—T'estaves tocant?

—Tieta!!!

—Què? Fas cara com si t'hagués agafat *in fraganti*.

—No m'estava tocant.

—Has abaixat la pantalla del portàtil de cop.

Era veritat. De sobte m'havia fet molta vergonya haver d'explicar a la meva tieta que, durant les nits de batxillerat, quan ja tenia el cervell fregit de tant estudiar i els apunts gravats amb foc a les retines, m'havia tornat experta en telenovel·les coreanes i programes de *true crime*. A aquestes alçades hi estava tan enganxada que, si a partir de les deu de la nit alguna de l'equip proposava anar a prendre alguna cosa al bar del poble, preferia quedar-me davant la pantalla. La meva tieta té massa pocs miraments perquè res de tot això la preocupi, però en aquell moment em vaig veure a través dels seus ulls, mal asseguda dins del llit amb una samarreta del campus d'hoquei de fa tres anys, i em vaig sentir com una *loser.* Gairebé hauria preferit estar-me tocant.

—Passa res?

La tieta es va acostar al llit i va asseure's al meu costat. Va posar aquella cara que posa quan vol fer explícit que no s'està dirigint a la seva neboda, sinó a una igual, d'adulta a adulta, amb qui pot parlar francament.

—Berta, saps que passo moltes hores al pavelló. Entre les sessions de físio i que m'he de posar al dia amb tots els embolics de la presidència... Sento que no estic prou pendent de l'Olga.

—Ja... Jo tampoc he estat gaire per casa —comento distretament, com si no sabés perfectament que és d'això, del que vol parlar.

—Pensava que estaria bé si poguessis guardar-te un matí o una tarda per fer alguna cosa especial amb la teva mare. —Posa èmfasi en la paraula *mare* mentre m'espolsa un cabell que se m'ha enganxat a la samarreta—. Encara que sigui anar a la piscina. A ella segur que li faria molta il·lusió.

Sé que té raó i assenteixo. El curs passat, la profe de català ens va explicar que el motiu pel qual hi ha tantes llengües que tenen una paraula similar per dir «mare» és perquè provenen d'una hipotètica llengua extingida anomenada protoindoeuropeu. *Mare, madre, mère, mãe, mother, Mutter, moeder, motina, majka*. Mentre escrivia aquesta llista als meus apunts, el sentit de «mare» va anar buidant-se de significat com un xiclet barat que perd el gust i la textura elàstica després d'una estona de mastegar-lo. Se'm feia estrany a la boca. Vaig subratllar-ho amb el meu retolador blau fluorescent i em va impressionar que unes síl·labes poguessin capturar una idea tan universal i alhora tan fugissera.

El dia següent era la revetlla de Sant Joan i em vaig fer una llista amb tot el que havia de fer: al matí, anar a la piscina amb la mama; havent dinat, preparar-me la motxilla per anar a passar el Sant Joan a l'apartament de la Raquel a Llafranc; a les 17.40 h sortir de casa per trobar-me amb la Gina a la parada del bus a les 17.55 h i agafar-lo juntes a les 18.10 h. Només sortia un autobús de bon matí i aquest altre a mitja tarda, així que no tenia gaire més opcions. Era un pal, però em feia il·lusió pensar que potser seria l'última vegada que em menjaria les ungles tot esperant un bus atrotinat que arriba tard. Aviat tindria carnet de conduir i tot seria diferent.

La mama estava encantada. No sé què li va fer més il·lusió: que li proposés fer una cosa nosaltres dues juntes, que ens remulléssim els peus assegudes a la vora de la piscina mentre preníem el sol tranquil·lament i ella m'explicava com feien curses de crol amb la tieta quan eren petites o que estiguéssim una bona estona fent petar la xerrada amb la Gina, que treballava de socorrista durant l'estiu. La mama va voler comprar gelats per a totes tres al bar de la piscina i ens va deixar una estona soles. La Gina es va treure les ulleres de sol amb lents amb forma d'estrella per deixar al descobert una cara de ressaca espaterrant.

—Tia, tinc un mal de cap que em vull morir. Ahir vam quedar amb les de l'assemblea feminista per parlar de com organitzàvem el Punt Lila de la Festa Major, però al cap d'una estona una va arribar amb les cerveses i... He arribat a casa a dos quarts de cinc.

—No pares, eh? I ja aguantaràs avui a la nit?

—Avui?

—A Llafranc, amb les minerves.

—Ai, sí, sí... Doncs no ho sé segur, la veritat... És que estic feta un cromo.

—Va, que és Sant Joan!

—Bé, sí, però *només* és Sant Joan... Queda tot l'estiu per endavant, hi haurà moltes altres nits de festa!

La mama va arribar amb tres gelats de cucurutxo i, una mica per deixar treballar la Gina i una mica perquè m'havia dolgut el seu comentari sobre Sant Joan, vam tornar cap a les nostres tovalloles.

—Menja-te'l abans que es fongui! —em va animar la mama quan va veure que el gelat de vainilla començava a regalimar-me braç avall.

Li vaig fer cas, és clar, sobretot perquè m'encanta la vainilla i ella se n'havia recordat. Estava sent un matí esplèndid. Jo m'havia endut el llibre de l'autoescola per repassar una estona si m'avorria en qualsevol moment, però encara no l'havia tret de la bossa. Em sentia com al paradís i ni tan sols em molestava la cridòria i el xipolleig de la canalla que jugava a la piscina petita. Fins i tot m'havia oblidat del comentari de la Gina, que en una altra ocasió m'hauria pogut esguerrar el matí. Però aquell era un dia especial, vaig pensar mentre observava la mama. S'havia posat un banyador blau marí de la tieta que no era de la seva talla i no l'afavoria gaire, però a mi em semblava que estava preciosa. No sé si és un adjectiu que la gent fa servir per a la seva pròpia mare o si és més adient per parlar d'una dona que coneixes del poble de tota la vida però amb qui no has parlat mai gaire. Potser l'Olga era totes dues coses alhora.

—Berta, la coca de Sant Joan t'agrada més amb fruita confitada o sense?

La mama es llepava els dits de gelat de xocolata i tenia la mirada abstreta, d'aquella manera que no saps si ha desconnectat o està barrinant alguna cosa.

—Millor sense fruita. Les cireres confitades tant me fan, però no suporto la taronja. I allò verd em fa una mica de fàstic, no entenc què se suposa que és.

—La de crema i pinyons és la meva preferida.

Feia temps que no menjava coca per Sant Joan. La nostàlgia, dolça i melosa com la crema, em va amorosir els llavis. Vaig pensar que cap de les minerves hauria pensat a comprar coca o que, encara que hi haguessin pensat, els faria pal portar-la fins a l'apartament de la Raquel. Ja és un pal anar-hi sense coca, perquè està una mica apartat del centre del poble, a dalt de tot d'una pujada molt forta. Si hi hagués anat amb la Gina encara hauria pogut ser un trajecte divertit, però ara que tot apuntava que l'hauria de fer sola...

—Per què no anem a la pastisseria Vives, agafem una coca i preparem alguna cosa ben bona per sopar?

Potser era perquè l'havia dita al moment oportú i al lloc oportú, però la proposta de la mama era d'allò més temptadora, i vaig estar a punt de dir que sí sense ni tan sols pensar-m'ho. Però no soc d'aquest tipus de persones. Abans de poder obrir la boca, se'm desplega dins del cervell un complex mapa conceptual: el que he dit que faria, el que hauria de fer, el que voldria fer, el que l'altra gent voldria que fes, el que esperen de mi, el que jo espero de la situació. Responsabilitats, compromisos, expectatives. Dins del meu cap, sentia el mateix zumzeig apocalíptic que fa l'ordinador quan tinc tantes pestanyes obertes al navegador que ja no puc distingir les unes de les altres. Zzzzz... BUM!

—Em sembla molt bona idea —vaig contestar-li somrient, en un rampell d'adrenalina.

Em sabia greu no anar a Llafranc, però segur que les altres entendrien que la meva situació a casa era diferent i que, per tant, em feia il·lusió celebrar el Sant Joan amb la meva mare, amb qui no convivia des de feia anys, i amb la meva tieta, que, a més, estava embarassada. Dit així, fins i tot em sentia malament de no haver-ho pensat abans. Que jo hagués tingut aquella epifania just el dia de la revetlla era mala sort, però no era la primera vegada ni seria l'última que alguna de nosaltres canviava de plans en el darrer minut. Precisament jo era sempre la més complidora del grup i la mateixa Gina ho havia dit: hi hauria moltes més nits de festa.

L'estiu s'estirava com una migdiada mandrosa. Jo seguia anant a l'autoescola i vaig aprovar el teòric a la primera. Per celebrar-ho, la tieta i la mama van fer-me paella i ens vam servir uns plats ben contundents. Mentre endrapàvem al voltant de la taula, me les imaginava a elles dues tallant verdura i vigilant el foc i rient mentre deien alguna cosa com «no canviaràs mai!», perquè la tieta sempre ho ha volgut controlar tot i, en canvi, per a la mama, els petits errors sempre seran grans aventures. Em va fer feliç pensar que jo havia propiciat aquesta estona de complicitat entre germanes i vaig escurar tant el plat que em vaig haver de descordar el botó dels pantalons.

La calor començava a ser insuportable, però jo ja havia assolit el meu primer objectiu. Vaig fer saber la bona notícia pel grup de WhatsApp de l'equip:

Tiesssss!!!! He aprovat el teòric!!! 🎉🎉🎉
I ARA, EL PRÀCTIC! 🙌

No és que m'esperés una resposta instantània. És estiu, tothom té la seva vida i, a més a més, des del Sant Joan fallit ens havíem anat distanciant. La Flor i la Gina es passaven el dia treballant i la Lorena era a l'altra punta del món, completament desconnectada. Jo dividia el meu temps entre l'autoescola i casa i em preguntava què devien estar fent la Raquel, l'Emma i la Laila. A mesura que passaven els minuts i ningú contestava els meus whatsapps, vaig començar a posar-me nerviosa. Quina excusa tenien aquelles tres? Havien aplaudit les meves propostes d'excursions a la platja i al riu, però cap m'havia demanat com portava el tema del carnet o si necessitava un cop de mà per aprendre'm la velocitat màxima a què pot circular un turisme quan porta un remolc lleuger. Jo ja pensava en la soledat de la capitana quan van començar a arribar els missatges:

GINA: *Berta, ets una crac!*
EMMA: *Uaaauu!!! JA???*
EMMA: *Si et vas apuntar a l'autoescola fa súper poc!!!*
LORENA: 👏👏👏
LORENA: *On vas? A la marginedes?*
On si no? 😂😂
Merci guapes ☺
RAQUEL: *Ànims amb les pràctiques!* 💖💖💖

Flor: *Daleeeeee*
Emma: *No atropellis ningú* 😂
Laila: *Quines ganes que tinguis el carnet* 😍😍
Lorena: *Moltes*
Flor: *Esa capitanaaa*

Falsa alarma, vaig dir-me, com si sortís a la superfície just abans d'ofegar-me i m'aferrés al salvavides més proper: el meló, els jocs de cartes, la sorra de la platja, el topless, la roca calenta pel sol, l'Spotify de l'Emma, les galtes cremades de la Raquel. En els meus pitjors moments solia fer això, ens imaginava totes juntes i recordava aquelles vegades en què havíem demostrat que les del Minerva ho podíem tot. Eren el meu equip, jo la seva capitana, i la desídia de l'estiu no ho podria canviar. Era normal que ens donéssim espai les unes a les altres i, encara que jo hauria preferit que ens veiéssim més, no estava a les meves mans.

Així que vaig decidir seguir amb allò que sí que ho estava: treure'm el carnet de cotxe. Durant el curs escolar, la Lola Marginedes era l'única professora que hi havia a l'autoescola. Tot i que parlava molt ràpid i tenia una manera bastant caòtica d'organitzar les classes, estudiar per al teòric amb ella no estava gens malament. Si una cosa se li havia de reconèixer era que amb la seva energia i els seus gestos teatrals era capaç de mantenir l'atenció dels alumnes més distrets, ja que la dona generava tants estímuls com el consum multipantalla. Ara bé, m'havien explicat que durant les classes pràctiques es podia fer insuportable. L'ambient del cotxe quedava saturat de l'olor floral de la colònia amb què es devia ruixar generosament cada matí i aprofitava l'u contra u per fer-te un extens interrogatori sobre la teva vida personal i ampliar la seva base de dades de xafarderies. Deien que si de nit passava alguna cosa mínimament interessant al poble, l'endemà a primera hora del matí la Marginedes ho estaria explicant a algun alumne de pràctiques. No em venia gens de gust aprendre a conduir un cotxe mentre ella, en lloc de donar-me indicacions o aconsellar-me quan posar tercera, em preguntava pel vídeo viral del femení del Minerva, pels motius del meu avortament o em donava lliçons per no atreure assetjadors per Internet. Per sort meva, a partir de la segona quinzena de juliol la Lola Marginedes s'agafava vacances religiosament i la substituïa una professora d'una autoescola de Barcelona. La Sara era discreta, seriosa i, el millor de tot, no coneixia a ningú del poble. Era exactament el que jo necessitava.

Les primeres classes van ser emocionants. Em donava la sensació que aprenia un munt, i darrere el volant em sentia molt poderosa. Era una mica com liderar un equip: havia d'estar pendent del carrer, dels vianants, de mirar pel retrovisor si venien cotxes, de fer una ullada al comptador de velocitat, de dominar el joc de pedals per canviar de marxes... El cotxe només podia circular bé si totes les peces rutllaven i, quan ho aconseguies, senties que podies arribar molt lluny i que estaves ben protegida. La Sara tenia paciència, però també era molt exigent, tal com m'agrada que sigui una profe. De fet, feia alguns gestos que em recordaven l'Anna quan es posa dura i ens fa un entrenament d'aquells que et deixen rebentada. Potser tenien la mateixa edat, però les camises que portava i els cabells blancs que començaven a rivalitzar amb els castanys feien que la Sara semblés més gran.

Em vaig començar a frustrar quan passaven els dies i a mi se'm seguia calant el cotxe i no aconseguia aparcar sense haver de fer trenta mil maniobres. Això se sumava al fet que jo estava mosquejada amb les del Minerva perquè, les poques vegades que deien de quedar, era per fer alguna cosa a la nit i jo no podia perquè m'havia de quedar a casa amb la mama. No és que ningú m'hi obligués, però últimament la tieta es quedava al pavelló fins molt tard fent coses del club i jo no volia que la meva mare estigués tota sola. Així que estava empipada amb les de l'equip perquè eren incapaces d'adaptar-se una mica i quedar algun dia al matí o a la tarda, i també estava picada amb la tieta perquè últimament només feia de Terrats, presidenta del Club Patí Minerva, i semblava que s'hagués oblidat de la seva família. I, amb totes aquestes cabòries al cap, coordinar el pedal de l'embragatge amb el del gas se'm feia una muntanya i calava el cotxe al bell mig de la rotonda de l'entrada del poble. La Sara m'asserenava per poder-nos tornar a posar en marxa ràpidament, però jo veia pel retrovisor com s'acumulaven els cotxes al meu darrere i els nervis no em deixaven arrencar fins al tercer intent.

Tornava a casa després d'una pràctica que m'havia semblat desastrosa, quan vaig veure que la Raquel acabava de penjar una foto a l'Instagram. Hi sortien ella i l'Emma ben estupendes, assegudes a la terrassa d'un bar, amb els perfils retallats per la llum d'un fanal. Per la roba i els pentinats que portaven, semblava de la nit anterior. Havia vist tots els *instastories* mentre era al sofà de casa mirant una pel·lícula d'acció que havia triat la mama perquè hi sortia la Sigourney Weaver. Vaig fer *like* a la foto i, gairebé a l'instant, la Raquel em va escriure:

RAQUEL: *Cuca, fa molts dies que no ens veiem* 💔
RAQUEL: *Vols venir a sopar a casa?*

Racheeeeel 💖
Sopar no em va gaire bé... Com ho tens demà al matí?
Anem a la piscina i diem hola a la Gina?

Raquel: *Ostres*
Raquel: *Al matí fatal, sorry*

I a la tarda?

Raquel: *Ughh tampoc*
Raquel: *Parlem demà i busquem un dia per quedar?*

I així *ad infinitum*. Cada vegada que parlàvem o, més ben dit, ens intercanviàvem quatre missatges estèrils, ens prometíem que ens havíem de veure aviat, però mai no arribava aquest moment. Em va trucar la secretària de l'autoescola per dir-me si volia fer dues pràctiques seguides l'endemà a la tarda, perquè algú havia anul·lat les seves i a la Sara li quedaven un parell d'hores penjades, i vaig acceptar a l'instant. Em volia treure el maleït carnet tan aviat com fos possible.

Aquella tarda, la Sara feia mala cara. Algú que no la conegués no se n'hauria adonat, perquè l'arrufament de la cella era gairebé imperceptible, però jo estava acostumada a la seva expressió inquietantment neutra, i una alteració tan mínima no em podia passar per alt. Em va fer sortir del poble per anar per la carretera que travessa els camps de blat i vaig estar conduint una estona en silenci. Quan vaig decidir treure'm el carnet de cotxe no va ser precisament anhelant aquests moments de solitud, lliscant sobre l'asfalt amb la vista fixa en un horitzó que mai no arriba, però ara que podia degustar-ho m'adonava que m'omplia d'una manera especial. Quan hagués aprovat l'examen, potser agafaria el cotxe tota sola i conduiria sense música, sense acompanyants i sense rumb concret.

—Perdona, Berta, et fa res tornar a l'autoescola? —em va demanar de sobte la Sara, mentre regirava la seva bossa—. És que quan ovulo sempre em trobo malament i crec que serà millor si em prenc una pastilla, però me les he deixades allà.

Em va sorprendre que m'ho digués sense embuts, potser perquè a vegades tenia un aire tan robòtic que et feia oblidar que era una persona com qualsevol altra, amb altres malestars més enllà d'evitar accidents automobilístics dels seus alumnes.

—És clar, cap problema! Agafo aquesta sortida, oi?

—Ben vist. —Va esbossar un mig somriure que em va fer sentir molt orgullosa.

Vaig posar l'intermitent per agafar la sortida que anava cap al poble. Vam entrar per un barri que no freqüento gaire perquè queda a l'altra punta del pavelló i de casa meva, i no conec ningú que visqui per aquella zona. Per allà a prop només hi ha el local d'en Putxi, que tampoc acostumo a visitar. Vaig aturar-me en un semàfor en vermell i vaig aprofitar per observar les cases i les botigues que hi havia. «No sabia que hi hagués una botiga d'electrodomèstics per aquí...», estava pensant, quan se'm va glaçar la sang de cop. Allà a la vorera, estupendes, la Raquel i l'Emma s'estaven pixant de riure. La Raquel, que m'havia dit que avui a la tarda no podia quedar. L'Emma, a qui no veia el pèl des de feia setmanes.

El semàfor s'havia posat verd, però jo seguia allà aturada, incapaç de reaccionar. Un cotxe va fer sonar el clàxon i va ser llavors que la Raquel em va veure. Li va canviar la cara de cop. El clàxon es va tornar insistent, estrident, insuportable, i jo vaig fer veure que només m'havia distret i vaig arrencar de cop sense retornar la mirada a les dues del Minerva, que m'observaven estupefactes des de la vorera.

Vaig aparcar davant de l'autoescola amb només dues maniobres, però ni tan sols me'n vaig alegrar, perquè encara estava en estat de xoc. Tampoc em va felicitar la Sara, que va baixar ràpidament per anar a buscar les pastilles. Vaig respirar fondo, amb les mans encara aferrades al volant, com si m'hagués mort de l'espant i em comencés a afectar el *rigor mortis*. Vaig sacsejar-me una mica per deixar anar la tensió i vaig mirar el mòbil. No sé què m'hi esperava trobar, però havia rebut un missatge de veu de la Raquel. El vaig escoltar mentre la Sara no tornava. Començava amb un sospir afligit, gairebé teatral, que donava pas al fil de veu afectat de la Raquel:

> *Ei, Berta... Ho sento si hi ha hagut cap malentès. Quan ens hem creuat abans, que tu anaves amb el cotxe... Et juro que no havíem quedat amb l'Emma. T'ho juro. Si haguéssim quedat t'hauria dit que vinguessis, òbviament. Et vaig dir que avui a la tarda no m'anava bé perquè jo ja havia quedat amb un amic i vaig pensar que seria estrany si venies tu també. Però aquest noi i en Putxi es coneixen i de casualitat ens l'hem trobat a ell que anava amb l'Emma... Per això ens has vist juntes. Els estàvem esperant perquè havien entrat a la ferreteria a comprar no sé què per anar a pescar... En fi, que trobaria súper normal que t'hagués molestat, però només volia explicar-t'ho perquè no hi hagi embolics. Et trobo a faltar, titi. Ànims amb les pràctiques! Petonets!!!*

No pensava contestar. No sabia si em creia o no l'explicació de la Raquel, però la imatge d'elles a la vorera, rient a ple pulmó, mentre a mi em suaven les mans al volant del cotxe de pràctiques, era massa forta per oblidar-la tan fàcilment. No volia pensar-hi, només volia conduir.

—Som-hi! —em va dir la Sara mentre obria la porta del copilot i s'asseia al meu costat.

—Ja estàs?

—Sí, em faran efecte aviat. Són tan potents que podrien tombar un cavall, però res em funciona millor.

Vaig fer girar les claus al contacte i el motor va engegar-se amb un ronc sonor. La Sara em va indicar que tornés pel lloc per on havíem vingut per agafar una altra vegada la carretera. No vaig tenir esma de contradir-la, tot i que no em venia gens de gust tornar-me a trobar aquelles dues. Però quan vam tornar a passar pel davant de la ferreteria no hi havia ni una ànima. La Sara es va adonar que m'hi havia fixat.

—Coneixies aquelles noies?

Si hagués sigut la Lola Marginedes, sabria perfectament que eren les meves companyes de l'equip d'hoquei, que una era la petita dels Ricou, l'altra era filla del que portava el bar del pavelló i la més rosseta vivia en una casa descomunal a la zona rica del poble. Sabria que ens coneixíem de tota la vida i que sempre fèiem pinya per aconseguir el que ens proposàvem. Que havíem aconseguit salvar el nostre equip quan el nostre entrenador, que ella coneixeria perquè en Germán també era professor d'educació física a l'institut, ens havia deixat tirades tot just començar la temporada. Que des de llavors la filla gran dels Ricou ens havia estat entrenant. Segur que hauria fet safareig sobre l'Anna, el judici i la portuguesa en coma, mentre es prenia un tallat i fullejava el diari a la barra del Pipa. I, òbviament, també sabria que la meva tieta era la nova presidenta del Club Patí Minerva, després d'haver guanyat les últimes eleccions contra l'Enric Ricou, amb qui ella havia anat a classe al BUP o al COU (mai recordo quin és quin). Però la Sara no era la Lola i no tenia ni idea de qui érem cap de nosaltres ni de quina relació teníem. I vaig aprofitar l'ocasió.

—Sí, les conec, juguem a hoquei juntes. Però ja està. Tampoc és que siguem gaire amigues. Quan érem petites ens fèiem més, però aquest estiu pràcticament ni ens hem vist. I no em queixo, la veritat és que cada vegada les trobo més infantils, i jo ja no tinc temps per les seves tonteries... Tot això de l'hoquei també em comença a cansar. Està bé fer esport en l'etapa de creixement, però potser és hora de començar a prioritzar... Al setembre començo la carrera de Medicina i em moro de ganes d'anar a la universitat! Vull canviar d'aires, conèixer gent nova amb interessos com els meus i que vegin el món d'una altra manera. Fa temps que el poble se m'està quedant petit.

La Sara no va contestar res i l'eco de les meves paraules va deambular per dins del cotxe tanta estona que em va semblar asfixiant.

A l'agost l'estiu ja em feia bola. Sabeu aquella sensació de quan només et queden deu minuts per acabar un examen, has deixat la pregunta de veritat o fals per al final pensant que la podries fer ràpid i descobreixes al final de l'enunciat un «justifica la teva resposta»? Així era una mica com em sentia. Aviat s'acabaria l'estiu i, si la frase fos «ha estat a l'alçada de les meves expectatives», la resposta seria un «fals» contundent. No em venia de gust donar més explicacions per justificar-ho. No volia escriure tres paràgrafs relatant que no hi havia hagut excursions ni a la platja ni al riu, ni jocs de cartes a la sorra, ni moments musicals al cotxe, ni l'aigua freda de les gorgues, ni la roca calenta pel sol.

El que sí hi va haver va ser una trucada desafortunada d'en Lluc, que havia anat a passar l'estiu a Irlanda per millorar el seu anglès (o aquesta era l'excusa que havia donat als seus pares). Ens trucàvem cada setmana per posar-nos al dia, però jo ja l'enyorava. M'encantava que estiguéssim una hora al telèfon i sempre em costava penjar, menys aquella vegada en què ell em va demanar per què no havia anat al local d'en Putxi el dia anterior. En Lluc sempre ha sigut un boques. A mi se'm va assecar la gola mentre ell m'explicava que havien fet una videotrucada i li havia estranyat molt que jo no hi fos, perquè hi era tothom: en Putxi, en Nil, l'Òscar, en Bernat, l'Emma, la Raquel. Li havien parlat del dia que en Nil, la Laila i el seu pare van anar a dinar al restaurant on treballava la Flor, i l'Enric només feia que queixar-se de tonteries, i també de la vegada que en Bernat i en Putxi havien portat tot de flotadors a la piscina per fer una broma a la Gina. Però a mi ningú m'havia mencionat. Em vaig haver d'aguantar les llàgrimes.

Com aquella nit que vaig trucar a la tieta perquè les pizzes que havíem preparat la mama i jo ja s'estaven refredant i teníem la taula parada per sopar al pati i ella no arribava a casa, i va resultar que seguia al pavelló fent feina, però vaig sentir de fons la veu de la Janina i em vaig preguntar si potser la Terrats preferia passar el seu temps amb la noia que ella havia decidit que seria la nova jugadora estrella de l'equip en lloc de sopar amb nosaltres.

El dia que vaig fer l'examen pràctic, hi va haver una tempesta d'estiu apocalíptica que ens va enxampar quan ja tornàvem i ens va obligar a estar aturades durant mitja hora, mentre a fora plovia a bots i barrals. Va començar amb algunes gotes que xocaven amb força contra el vidre frontal i va arribar al punt en què l'eixugaparabrises ja no donava l'abast. Al principi la Sara i jo estàvem en silenci observant com el cel s'enfosquia i els primers llamps estripaven els núvols, però, a mesura que els trons i el repic de la pluja ens anaven hipnotitzant, em vaig atrevir a dir-li que admirava la seva sensatesa i serenor. Semblava una persona independent, professional i segura de si mateixa, tot el que a mi m'agradaria ser quan els cabells se'm comencessin a tornar grisos. La Sara va riure i vaig descobrir que quan reia se li feien clotets a les galtes.

—No vulguis créixer tan ràpid.

—Estic farta de ser adolescent.

—És normal. Però pensa, per exemple, en totes les coses que et queden per fer. Tens el món obert al teu davant i poques responsabilitats que t'ancorin. És el moment d'equivocar-te molt i gaudir dels teus errors. No et martiritzis per haver suspès l'examen, segur que la propera vegada ho faràs millor.

—Saps què? Em volia treure el carnet per portar les meves amigues a la platja. Però suposo que és igual, perquè crec que a elles els la pela.

—No crec que els la peli. El que passa és que quan ets adolescent dones per fetes les amistats. Penses que les tindràs al teu costat passi el que passi i sovint no les cuides prou. No ets conscient que passaran els anys i cada vegada serà més difícil mantenir el grupet; la gent marxarà a viure a fora, coneixeran altres persones, formaran famílies. Però, quan us retrobeu, recordareu el que fèieu juntes quan éreu adolescents. Així que no deixis passar cap oportunitat de crear records.

Potser m'havia passat de derrotista, vaig pensar mentre el ritme de les gotes minvava i el clavegueram aconseguia engolir tota l'aigua que s'havia acumulat a la calçada. Potser encara tinc una oportunitat per remuntar l'estiu, tot i que res hagi sortit com havia planificat, em dic mentre m'espero davant del pavelló. És el lloc on he creat alguns dels millors records que tinc, i en la majoria d'ells hi apareixen les del Minerva. Per això les he citat avui aquí i m'alegro que hagin acceptat, tot i que sé que hi ha el correfoc i probablement algunes volien anar-hi. Em fot que no m'hagin demanat com m'havia anat l'examen pràctic, però suposo que així m'estalvio haver de dir que l'he suspès. Potser em coneixen més del que em penso i saben que si jo no he comentat res és precisament perquè no puc presumir d'haver aprovat.

Miro l'hora al mòbil: fan tard com sempre. Penso en les ampolles mig plenes de rom i ginebra que duc a la motxilla. Tinc ganes d'acabar-me-les amb elles, de tornar-les a sentir a prop i de no fer servir cometes quan les anomeni amigues.

2

Raquel

ESTEVE: *Ei, ties*
ESTEVE: *Veniu al correfoc, oi?*
PAU: *Voleu fer prèvia abans? Hem aparcat prop del riu*
ROGER: *Vaaaaaaaaa*

Guaposss! Ens veiem directament allà a les 23 h ❤
Abans tenim una cosa...

PEP: *Rachee, no ens falleu!!!!!*

Noo! PROMISE. Quines ganesss ☺

PAU: *Okk*
PAU: *23 h a la plaça*

A les onze a la plaça. Bloquejo ràpidament el mòbil i llanço un somriure dissimulat a la Berta, que m'observa de reüll mentre abraça l'Emma. Fa molts dies que no veig la que durant tants anys vaig considerar la meva millor amiga, i hi ha tensió entre nosaltres. Quan hem arribat juntes amb la Laila i l'Emma i hem vist la Berta allà al mig palplantada, carregada amb la motxilla i la bossa de tela, aguantant-se la bronca que ens hauria volgut fotre per arribar tard, se m'ha fet un nus a l'estómac. Ens hem distanciat tant que gairebé no sabem què dirnos, cosa que és evident fins i tot per a la distreta de la Laila, que intenta trencar el gel explicant alguna cosa del seu viatge al Marroc. La Berta l'escolta amb atenció, interpretant a la perfecció el seu rol de capitana de l'equip, al qual s'aferra amb ungles i dents quan se sent frustrada i perduda. Intento afegir-me a la conversa, però no em puc concentrar.

Hem quedat a les onze a la plaça. És l'hora que comença el correfoc, la traca final de la Festa Major. Hem quedat i la Berta no ho sap. De fet, si ho sabés, s'hi hauria oposat des del principi, perquè un any per Sant Joan un noi del poble va perdre dos dits en explotar-li un petard i des de llavors ha estat paranoica. Però la Berta no ho sap, que hem quedat amb els nois per anar al correfoc. No ho sap perquè no l'hem convidada. I jo em sento com si portés una bomba de rellotgeria que he de desactivar abans que no m'exploti a les mans i perdi, potser no un parell de dits, però sí una amiga.

A les onze a la plaça. Falten tres hores i jo ressegueixo mentalment el recorregut que hem de fer per anar del pavelló fins allà. No és lluny, res queda lluny en un poble. La veritat és que em sembla una distància minúscula comparada amb les passes que em separen de la Berta.

La Laila i l'Emma m'han convençut perquè sigui jo qui li digui que no ens podem quedar tota la nit al pavelló amb ella. Llavors m'ha semblat lògic, però ara no sé si en seré capaç. Li feia molta il·lusió que féssim una festa totes juntes abans que s'acabés l'estiu... Però tampoc s'ha preocupat per saber què volíem fer les altres. Sempre igual, ella decideix i ella organitza. A més, tampoc és que l'haguem deixat plantada. I, quan marxem, no es quedarà pas sola, perquè aviat arribaran la Flor i la Gina... Potser fins i tot s'animen totes i anem juntes al correfoc... Realment és així de senzill o m'estic intentant autoconvèncer per no sentir que soc una mala amiga?

El joc de claus que fa dringar la Berta em torna a la realitat.

—Flipo que li hagis robat les claus a la Terrats! —L'Emma deixa anar una rialla, entusiasmada.

—A vegades crec que em subestimeu. —Les claus brillen sota la llum del fanal mentre la Berta en fa entrar una al pany de la porta de la tanca que recorre el lateral del pavelló. La gira a poc a poc... i s'obre. «A la primera!», sembla que digui la seva expressió triomfal—. Us heu muntat aquesta imatge de la bona nena que no ha trencat mai cap plat, però fa molt de temps que he demostrat que no soc cap puritana...

La Berta té raó. Trencar la imatge que els altres tenen de tu és molt difícil. Per molta gent ara ella és la noia que va avortar o la noia que va penjar fotos a l'Instagram gairebé despullada. Però per nosaltres segueix sent la Berta dels apunts perfectes, la Berta que sempre arriba cinc minuts abans, la Berta que plega la roba abans de guardar-la dins la bossa d'hoquei. I el cert és que, per molt que ara es doni aires de rebel, agafar les claus del pavelló a la seva tieta no li deu haver costat gaire.

Travessem la tanca, que la Berta deixa oberta perquè la Flor i la Gina puguin entrar, i ens acostem a la porta secundària que ens permetrà accedir al pavelló de manera dissimulada. La Berta fa la seva màgia de nou, dues voltes de clau, i entrem darrere d'ella intentant no fer soroll. L'Emma i jo il·luminem el passadís amb la llanterna del mòbil i totes observem amb atenció com la Berta s'acosta a l'alarma i hi introdueix un codi que s'ha apuntat al palmell de la mà. Fet: ha aconseguit desactivar-la. Se li ha de reconèixer que s'ho ha currat.

—Titi, t'ho has currat un munt —li dic, com li dic sempre, perquè sé que li agrada sentir-ho, i en els nostres somriures creuats noto que estem una miqueta més a prop. I ja em sé la seva resposta:

—Per a vosaltres, tot.

És com el nostre petit ritual, aquelles dues frases que ens hem intercanviat un milió de vegades, tal com havíem intercanviat xafarderies, somnis i confidències... La Berta va ser la primera persona a qui li vaig dir que m'agradava l'Òscar. Érem al mateix vestidor on ara ens estem dirigint i ens havíem entretingut fent petar la xerrada abans d'un entrenament. Em va abraçar ben fort i em va assegurar que qualsevol noi estaria molt orgullós de tenir una nòvia com jo. En aquella època això era l'únic que m'importava.

Jo, com la Berta, també entenc el que és voler trencar amb el passat, avergonyir-se una mica de la persona que eres. Com quan ets preadolescent, que creixes d'una batzegada i tota la roba et va petita i et marca una silueta que no saps com amagar. Així doncs, de pressa i corrents, teixeixes una imatge, la manera com vols que et vegi el món, inspirant-te en les noies més grans que tu, en les sèries, en les pel·lícules. Durant molts anys aquesta imatge et servirà d'armadura, fins que un bon dia t'adonis que t'encotilla, que no et deixa respirar, que pesa i t'enfonsa fins a profunditats inesperades. És el moment de ser valenta, tallar amb el que et fa mal i enfrontar-te a les pors que et tenien paralitzada. Fortalesa, coratge, créixer i renéixer...

I llavors, què?

—I ara, què? —Com si m'hagués llegit el pensament, la Berta interromp les meves cabòries—. T'estàs veient amb algú o...? Vaig veure els *stories* amb aquells tios, són els del grup de ska, oi?

Per arribar al vestidor hem de travessar la pista que, il·luminada només per les llanternes dels nostres mòbils, se'm fa immensament buida, i no m'he adonat que ens hem dividit en parelles: la Berta i jo anem davant i l'Emma i la Laila ens segueixen unes passes més enrere. S'han endarrerit amb l'excusa d'algun vídeo que miraven al mòbil, però en realitat és una manera d'empènyer-me perquè li digui a la Berta que a les onze hem quedat per anar al correfoc. Sí, amb els del grup de ska.

—Es fan dir Skanyapobres. Una mica cutre, ho sé, però a ells els agrada...

Els jocs de paraules els agraden gairebé tant com la festa i la bona vida. Ens vam conèixer per Sant Joan i des de llavors hem coincidit gairebé cada cap de setmana a diverses festes majors de la comarca, on la seva música festiva els feia triomfar, com els millors teloners de la nit. Han estat una alenada d'aire fresc després d'un final de temporada del Minerva més aviat depriment. Un parèntesi que semblava que es tancaria el cap de setmana passat, durant l'última nit de concerts, però que finalment s'ha allargat fins avui: com que coneixen alguns diables de la colla del poble, han decidit venir al correfoc i ens han fet prometre que hi aniríem amb ells. El mòbil segueix vibrant-me intermitentment dins la butxaca. El correfoc, merda.

—Berta... T'he de dir una cosa.

Em sento fatal, però li he de dir, li he de dir que no ens podrem quedar tota la nit amb ella.

—Aquests tios... —La Berta aixeca una cella i esbossa mig somriure. El nus que tinc a la gola se'm fa gran com una pilota. Segueixo amb un fil de veu—: Sí que hi ha hagut tema.

Soc una covarda.

—Rache! Ho tenies ben callat, eh? Amb qui? El cantant? Té un no sé què que el fa súper atractiu...

L'hi puc dir després, que hem de ser a les onze a plaça. En realitat em moro de ganes de parlar amb la Berta d'amiga a amiga, de demanar-li consell. Ara que la tinc al costat m'adono que la nostra relació no està tan deteriorada com em pensava, que ella no em cau tan malament com m'he estat repetint. A vegades, quan et distancies d'algú, t'oblides que les contradiccions que t'han fet agafar-li mania són les mateixes que en un primer moment et van fascinar. Dins la teva ment, es converteix en un personatge en lloc d'una persona de carn i ossos.

—Ja, és guapíssim, l'Esteve —li reconec—, però és gai. Està sortint amb el baixista, en Pau. Bé, tenen una relació oberta, però no de l'estil «no-em-vull-comprometre» de la Lorena, sinó de parlar honestament les coses. Són molt macos...

Jo començo a obrir-me al mateix temps que la Berta obre la porta del vestidor amb una de les claus. Al principi, quan va proposar venir aquí per celebrar el final de l'estiu, em va semblar una tonteria. Era buscar-se problemes per res, per celebrar una cosa que podríem fer tranquil·lament a casa d'algú. Però ara que som aquí, la màgia del lloc em revitalitza. Torno a sentir la força del Minerva, la força d'un nosaltres, i em sento abraçada per la nostàlgia. Estic a punt d'oblidar-me del correfoc, quan l'Emma em clava un cop de colze.

—Tia, ja l'hi has dit? Sí que s'ho ha pres bé... —em xiuxiueja aprofitant que la Laila ajuda la Berta a treure l'alcohol i les ampolles de refrescs de la seva motxilla.

La cara em delata i l'Emma deixa anar un esbufec. Mentrestant la Berta, il·lusionada, treu unes garlandes de la bossa i decora una mica el vestidor.

—És que em sento fatal... I si fem veure que ens ho acaben de proposar ara? I la convencem per anar-hi totes juntes...

La Berta observa, decebuda, com la llum dels fluorescents desmereix l'ambient festiu que s'havia imaginat.

L'Emma valora la meva proposta, tot i que ella sempre és més partidària de tirar pel dret, amb poc tacte.

—Ep!!! —El crit de la Berta ens sobresalta, ens que-çdem glaçades. La Berta se'ns acosta...— Rache, tia, res de fer *cotilleos* a part, que llavors no m'assabento de res!

Uf, pels pèls. La Berta continua, dirigint-se a la Laila i l'Emma:

—M'estava posant al dia sobre això dels Skanyapobres. Que, per cert, dissabte passat van fer un concert per aquí, oi?

—Sí, va ser súper top! Hauries d'haver vingut, tia! —salta ràpidament l'Emma.

—Ja us vaig dir que a aquella hora m'anava fatal... —El to de la Berta és suau, però sona com un retret.

Abans que es tensi l'ambient, la Laila hi fot cullerada:

—Doncs la Raquel va tornar a casa acompanyada, eh...

—Això volia saber jo!!! —La Berta s'asseu a terra, animada de nou, i comença a col·locar gots de plàstic per preparar els cubates—. Per cert, aquesta llum és una merda, però no hi havia caigut...

—Tinc una idea.

La Laila entreobre la porta que dona al vàter i encén el llum de dins. Després, tanca els llums del vestidor i totes observem satisfetes com la franja de llum que s'escola és perfecta per a l'ambient de penombra que requereix el moment. Ens asseiem totes al costat de la Berta, fent rotllana.

—Ara sí —diu la Berta, múrria—, és veritat això que vas tornar acompanyada?

Noto com els tres parells d'ulls es claven sobre mi.

—Sí, vaig tornar acompanyada.

L'Emma pica de mans, animada.

—Ho sabia! És que vau estar tota la nit molt intensos, amb en Roger... Es veia a venir!

—No va marxar pas amb en Roger! —intervé la Laila.

—Com que no? Si jo els vaig veure...

—Els vas veure junts després del concert. Però jo em vaig trobar en Roger cap a les dues i anava sol amb uns amics de l'escola de música. Vaig pensar que la Raquel devia estar amb en Pep —la Laila em mira a mi—, no?

Em poso un ble de cabells darrere l'orella, nerviosa. Em fa una mica de vergonya dir-ho en veu alta, tot i que sé que la primera a jutjar-me soc jo. Tant a la Laila com a l'Emma els sembla de tia guai, que m'hagi estat veient amb en Pep i en Roger durant l'estiu, i crec que la Berta ho acceptarà amb un punt d'admiració i enveja.

—Vaig estar una part de la nit amb en Roger i l'altra amb en Pep.

—Però... Enrotllant-vos, vols dir? —A la mirada inquieta de la Berta s'entreveuen les tres mil preguntes que li passen pel cap—. T'has estat veient amb tots dos? Simultàniament? Ells ho saben? Els sembla bé? A tu et sembla bé? Estàs pillada?

Cada pregunta de la Berta és com un xut que jo, dins la porteria, he de parar. I, al marcador, el temps no s'atura.

—Sí, estic mig enrotllada amb tots dos, i a ells els és igual. També tenen rotllos amb altres noies. No hi ha res seriós, només som amics i ens ho passem bé.

—Però no podria portar problemes dins del seu grup?

—Això és problema seu, no meu —em faig una mica la dura.

—Aquests no s'enfaden mai per res —aclareix la Laila—, només els he vist discutir per temes de música. Amb això sí que es piquen. Però per la resta? Tot és «viu i deixa viure».

—Són molt cracs —afegeix l'Emma.

—I a tu també et sembla bé, aquest rotllo?

La pregunta de la Berta m'agafa d'imprevist. Gol per l'escaire. Faig un glop de cubata per omplir el silenci mentre valoro com d'honesta he de ser amb la meva resposta. M'hi va la meva nova reputació de tia guai.

—Crec que començo a estar-ne cansada. És una mica pal, perquè poc o molt has de vigilar que no es produeixin situacions incòmodes.

Que és una altra manera de dir: no puc evitar sentir-me com una escalfabraguetes i estic patint constantment perquè, encara que ells hi treguin importància, a mi sí que em fa por carregar-me la seva amistat. Quan la cosa va bé, tot són flors i violes i tothom és molt modern i comprensiu. Però, si la cosa es torcés, seguiria així o seria a mi a qui em tocaria carregar amb l'etiqueta de «puta»?

—I què penses fer? Triar-ne un? —La Berta està entregadíssima a la història. Es nota que li encanten les pel·lis romàntiques amb triangles amorosos i li és igual que la meva situació no es pugui encasellar tan fàcilment dins del gènere com a ella li agradaria.

Abans que jo pugui dir res, la Laila entra en el joc de la Berta.

—Amb en Pep feu *tope* bona parella. És divertit, sense pèls a la llengua, amb les coses molt clares... Es nota que és de cau, perquè es porta bé amb tothom i sempre troba solucions a les coses. —Es gira cap a la Berta, per especificar-li—: Estudia geologia i... Important... Té els braços súper forts de tocar la bateria.

—Uhh! Val, per un costat tenim en Pep, el bateria *buenorro* —s'anima la Berta, i escriu «Pep» amb retolador en un dels gots de plàstic. El col·loca al centre de la rotllana.

—No sé per què tens aquesta fascinació amb en Pep —l'Emma no pot deixar passar l'oportunitat de burxar la Laila—, quan no té res a veure amb el teu Nil... Que potser t'has de plantejar les coses?

—Perdona, però jo estic molt bé amb el meu nòvio. Només estic dient que la Raquel i en Pep queden molt bé junts.

—No hi estic gens d'acord —insisteix l'Emma—. En Pep és un tio massa bàsic per a la Raquel. Un cop el treus dels seus quatre temes d'interès ja no té gaire més a dir. I parlar de roques i de solos de bateria no dona per a gaires converses... La Raquel hauria d'estar amb algú més afectuós, amb més sensibilitat.

Sembla que totes tenen molt clar amb quin tipus de noi hauria d'estar jo. La Laila fa voltar els ulls.

—Ja, com en Roger, no?

—Exacte! —L'Emma es gira cap a la Berta, per intentar-la convèncer—. Hauries de veure com toca el saxo... El que deu poder fer amb aquells llavis i aquells dits!!!

La manera com mou els dits l'Emma ens provoca riallades a totes. Jo m'ho miro gairebé com una espectadora, com si res d'allò anés amb mi. La Berta escriu «Roger» en un altre got i el col·loca cara a cara amb en «Pep», tot anunciant:

—A l'altra banda del ring tenim en Roger, el saxofonista sexy.

—I no només això! —segueix l'Emma—. És un noi molt polifacètic: toca molts instruments, li agrada la fotografia i hi pots parlar de qualsevol cosa, que segur que et donarà conversa.

—Perquè és un boques! Paraules i més paraules, però, si rasques una mica, t'adones que tot és façana. Aquest rotllo de noi sensible fa bastanta mandra... —La Laila prepara el seu últim atac, i...—: I flipo que tu, Emma, caiguis en aquestes tonteries romàntiques.

L'Emma s'incomoda una mica. La Laila abaixa la mirada, conscient que potser s'ha passat. A vegades sembla que la Laila intenti compensar tots els anys d'aguantar brometes de l'Emma amb un sol comentari demolidor. Mentrestant, la Berta em mira amb un mig somriure, aquella barreja d'admiració i enveja que m'esperava d'ella. Serveix dos dits de rom als gots que tenim al centre de la rotllana i que representen el que ella anomenaria, amb una pompositat vuitcentista, els meus dos pretendents.

—D'acord, me'ls heu venut molt bé. Sembla que tots dos són ben parits, però... Raquel, quin t'agrada de veritat? En Roger o en Pep? Amb qui vas acabar la nit dels concerts?

Vaig acabar amb el que fa mitja hora m'ha demanat per WhatsApp «Sisplau, no ens falleu!», referint-se al correfoc. Va ser el que ens va convèncer d'anar-hi tots junts, el que ens va prometre que l'adrenalina de saltar i ballar enmig del foc et feia oblidar la por a les cremades. El que farà veure que no li sap greu, si no ens presentem a les onze a la plaça.

—Vaig tornar a casa amb en Pep.

La Laila deixa anar un crit d'alegria, tota *hooligan*, com qui guanya en la pròrroga.

—Però no va acabar passant res.

Cares d'incredulitat que reclamen un clímax satisfactori.

—Res de res?

—Ell estava molt borratxo... Ens vam fer quatre petons i ja està.

L'emoció del moment s'ha desinflat. L'Emma se serveix un altre cubata.

—Quina decepció, Rache...

—Tu volies detalls marrans, eh? —riu la Berta.

L'Emma es fa la innocent:

—Només volia final feliç!

Però en vaig tenir, de final feliç. De bon matí i tota sola. L'electricitat de la nit, disbauxa d'estiu, encara em recorria la sang i m'havia quedat assedegada. Vaig començar a resseguir-me el cos com ho havia estat fent les darreres setmanes, en secret.

Per molt que la Gina insisteixi que masturbar-se no té res de dolent, a mi encara em costa admetre (fins i tot per a mi mateixa) que això és el que estic fent. És estrany, ni tan sols em sembla sexual. Però potser és perquè sempre havia pensat que el sexe era veure't reconeguda en la mirada de plaer del noi amb qui estaves. Però cada vegada que les mans d'un tio m'acaricien el cos, estic més pendent que em vegin sexy que no de gaudir de la pell.

Aquell matí, en canvi, mentre em tocava... Tota jo era pell. No sentia cap mena de pressió, ni la d'agradar a algú ni la d'arribar a l'orgasme. No n'havia tingut mai cap i ja gairebé havia assumit que mai en tindria. Durant les meves exploracions solitàries havia descobert quina manera de tocar-me em resultava més plaent i ho gaudia com qui gaudeix d'un massatge, sense finalitat concreta. Així doncs, l'única pressió que sentia era la de l'escalf dels meus dits, cada vegada més molls...

I va venir de cop. No era tant una explosió com un foc que pren de sobte. No un crit, sinó una immensitat eixordadora. Com si en aquell moment no existís res més que allò, ni tan sols jo mateixa. Potser més que tenir un orgasme s'hauria de dir que l'orgasme et té a tu i que, durant uns segons, estàs alliberada de tot.

Vaig tardar una estona a calmar la respiració i va ser llavors quan ho vaig veure amb claredat: no era això, el que jo havia estat buscant amb en Pep i en Roger. No m'agradaven d'aquella manera. Però, en lloc de fer-me amiga d'ells com ho havia fet l'Emma, havia entrat en el joc que creia que esperaven de mi. Perquè la realitat és aquesta: els tios que se m'acosten mai volen ser només amics meus. I jo estic enganxada a sentir-me desitjada.

—Així, què? Et quedes amb en Pep?

La pregunta de l'Emma em sembla absurda, ara que ho veig tot amb claredat! Em mira amb aquells ulls foscos i inquiets, esperant una resposta, i jo l'envejo una mica, a ella i la relació que té amb els Skanyapobres.

—No, crec que no —confesso.

—Llavors... Amb en Roger?

Nego amb el cap, encara tímida. La sorpresa es dibuixa a les cares de la Berta, la Laila i l'Emma.

—Amb cap dels dos?!

No m'atreveixo a verbalitzar-ho i m'acabo d'un glop el cubata.

—No vull que s'enfadin amb mi. Vull dir... —Intento ser honesta, aquesta vegada sí—. El que de veritat m'agradaria és que fóssim amics, però em fa por que a ells això no els interessi. Que no els hagi interessat mai.

—Però què dius, tia? Si els caus súper bé! —s'afanya a dir la Laila—. I si no els interessa, ells s'ho perden. Que es fotin.

M'agradaria pensar això amb tanta convicció. Però ben endins meu, arrelada a la boca de l'estómac, segueix aquella por de quedar-me sola. És com un malestar que em persegueix sempre i que, de tant en tant, m'estreny i m'aterra. Si en Roger i en Pep s'emprenyen amb mi, ja no podré anar amb el grupet amb qui hem passat l'estiu.

—Jo crec que no s'ho prendran tan malament com et penses —m'assegura l'Emma.

—No ho sé, em fa por... quedar-me apartada del grup.

—Ei —la Berta aixeca un dit, quasi amenaçador—, estic convençuda que aquests tios són molt macos, però jo sé que les minerves som encara millor. I quan comenci la temporada ens tornarem a veure molt més i farem coses juntes! No et quedaràs penjada, Rache.

La vull creure. I ara que estem aquí, al nostre vestidor, se'm fa més fàcil. Potser demà amb la llum del dia recordaré que altres vegades ja m'he quedat mig tirada i que precisament, durant l'estiu, la Berta l'he vista més aviat poc. Però ara que som aquí sento la força que sempre em dona el fet d'estar juntes.

—Va, els escric i els dic que vull parlar amb ells.

La Berta, l'Emma i la Laila ho celebren amb aplaudiments, crits i rialles. Em trec el mòbil de la butxaca, el desbloquejo i entro al WhatsApp. Vaig directament a la conversa que tinc amb en Roger i després a la que tinc amb en Pep, i a tots dos els escric: «Hem de parlar». En enviar-ho, sento que em trec un pes de sobre.

Però l'alleujament no dura gaire. No puc sortir de l'aplicació sense veure els missatges que hem estat rebent al grup que tenim amb tots els Skanyapobres.

ESTEVE: *Veniu, oi?*
ESTEVE: *Nosaltres anem tirant cap a la plaça*
PAU: *No ens deixeu penjatssss, covardessss*

Merda. La plaça, les onze, el correfoc. Me n'havia oblidat per complet. La Berta serveix beguda a la Laila, satisfeta per haver-me animat, convençuda del seu paper de capitana, aliena als plans que hem fet sense ella i que jo encara no li he explicat. Miro l'Emma, que també té el mòbil a la mà i que, per la seva cara de preocupació, també acaba de veure els missatges. Qui l'hi diu?

—Va, nenes, un brindis —proposa la Berta mentre aixeca el got de plàstic—. Per la Raquel!

—Per la Raquel!!!

Cridem totes i brindem, també jo, tot i que em fa una mica de vergonya, no tant per cridar el meu nom en tercera persona, sinó perquè el correfoc s'acosta per moments i ens acabarà esclatant als dits.

3

Emma

—Jo mai mai... He copiat en un examen.

—Ui, Emma, que fluixa comences.

—Primer fem preguntes *xorra* i després apugem el nivell —em defenso, amb les celles arrugades, mentre faig un glop del meu got—. Sempre va així.

La Berta sospira, avorrida.

—No deu ser que et molesta la pregunta perquè no ens vols admetre que has copiat en algun examen, Miss Medicina? —fa la Raquel, després d'empassar-se la barreja d'alcohol que ha portat. I més val que begui, que tot el que sé sobre passar desapercebuda mentre fas trampes durant un examen ho he après d'ella. Una vegada em va ensenyar com havia perforat meticulosament el seu regle de trenta centímetres amb un compàs per escriure tots els *phrasal verbs* que no li havia donat la gana de memoritzar a anglès. Un altre dia em va explicar que per a un examen d'història havia acordat amb la seva companya de taula que cadascuna s'estudiava un tema: el dia de l'examen van respondre el que sabien i després se'l van intercanviar perquè l'altra completés el que havien deixat buit. És una professional de l'enganyifa.

—T'imagines? —riu la Laila, que també beu, evidentment. Anem a la mateixa classe des de petites i és la meva companya de delictes. Tenim tot un codi de signes, desenvolupat al llarg d'aquests anys, amb què ens comuniquem les respostes a distància, especialment quan es tracta de fer exercicis de matemàtiques.

—Doncs a mi no em sembla que copiar sigui una cosa per presumir. —Ara la Berta parla amb el to esnob que posa quan vol donar una lliçó—. El dia que feu la sele i us quedeu en blanc perquè mai us heu molestat a aprendre res, ja m'ho direu.

Ah, la selectivitat, l'única prova de coneixement autèntic. Hem rigut una mica a costa seva i ja s'ha enfadat. Ja ha hagut de mencionar la sele, així abreviat, com ho diuen els de segon de batxillerat, per deixar clares les diferències entre els nostres mons, els nostres exàmens de nena petita i els seus d'universitària, que, com ella, estan per sobre de nosaltres.

—És que potser no volem fer la sele! —replica la Laila i somriu, com qui acaba d'explicar una broma, i l'ambient es destensa immediatament.

En aquests casos admiro la seva capacitat diplomàtica d'enviar-te a la merda amb la mateixa expressió que quan et tira floretes. Jo, que em sento còmoda en el conflicte, ja estava preparada per cagar-me en el moralisme de la Berta, però és cert que hem de tenir la festa en pau. I més tractant-se d'ella. Després de tot, encara no sap que tenim pensat anar al correfoc, i la notícia ja la sorprendrà prou perquè es posi de mal humor abans d'hora.

Ja fa estona que els Skanyapobres ens han escrit pel grup. A aquestes alçades de la nit ja deuen anar més que passats de voltes, són una gent que no he vist mai sense una cervesa a la mà. Quan estàs asseguda amb ells agafes el seu ritme i ja no hi ha marxa enrere, jo no havia begut mai tant com aquest estiu, quan els hem conegut. També és cert que mai havia sortit tant com aquest estiu. Ells diuen que són un grup de ska, però per mi, de ska, només en tenen les reivindicacions polítiques i que toquen una guitarra, ja que a l'hora de la veritat barregen molts estils. El grup el formen quatre nois: en Roger, en Pep, l'Esteve i en Pau. Secretament els tinc molta enveja. Al final són quatre amics que s'ho passen bé mentre toquen; literalment, el meu únic objectiu ara per ara en el terreny de la música. Hem anat a tots els concerts seus que hem pogut des que els vam conèixer per Sant Joan, a la Costa Brava, com unes *groupies* fanàtiques. L'últim va ser fa una setmana: era al poble del costat i l'Anna em podia dur fàcilment en cotxe. M'encanten els concerts dels Skanyapobres, et fan sentir com si els coneguessis de tota la vida i estiguessis amb ells de festa en qualsevol nit d'estiu. Tenen un cap ple d'idees delirants i absurdes, i han viscut moltes històries surrealistes junts, i això es transmet a la seva música: poden tocar des d'una cançó plena d'ironia com «La teoria de l'amor», que han escrit ells i té la infanta Cristina com a protagonista, que es lamenta de la desoladora història d'amor que va viure amb el seu marit i que l'ha portat a la desgràcia, fins a fer versions de ska de cançons de pel·lícules de Disney. En Roger toca el saxo, en Pep la bateria i en Pau la guitarra. L'Esteve, amb barba i ulleres, és el teclista i cantant, i el seu espectacle no seria el mateix sense la química que hi ha entre ell i en Pau, al meu entendre. Estan junts. Una nit que em vaig emborratxar amb l'Esteve després del seu concert vam anar a pixar plegats a la paret d'una església i m'ho va explicar. L'Esteve es gai i en Pau és bisexual. Són millors amics des que eren ben petits, com jo i la Laila, i no hi ha res que l'altre no sàpiga.

Això sí: no vol dir que no puguin embolicar-se amb altra gent. Segons el que em va dir, no creuen en la monogàmia, i aquesta és la seva manera de combatre-la (sembla que només facin gresca i xerinola, però quan s'hi posen, poden arribar a ser més polítics que la Gina).

El cas és que són ells els que aixequen el xou: a cada concert es disfressen d'alguna manera diferent i agafen el micròfon per animar el públic amb les seves bromes. Quan en Pau, alt i esprimatxat, fa les seves parafernàlies i el veig lliure, divertint-se, permanentment despentinat, em venen encara més ganes de ballar. Per mi és un geni.

Entre festa i festa, el meu estiu també ha consistit a compondre. Compondre cançons. M'he instal·lat al local d'en Putxi, on té els plats de DJ, i jo hi he deixat el meu teclat MIDI nou de trinca. És molt pràctic, una mena de piano diminut que connectes al portàtil i que, prement uns botons de colors, pots decidir com vols que soni. Això i un micròfon són les meves dues primeres compres dins del món de la música. És poc, però suficient per anar entenent com funciona. En Putxi em fa de productor musical, i entre tots dos anem provant melodies i quines lletres ens evoquen.

Als Skanyapobres, és en Pau el que compon les cançons i el que es passa hores trobant les paraules exactes per fer-les sonar. És una persona molt creativa; de sobte, un soroll li fa pensar en una melodia, i això, en frases, que apunta en una llibreteta blava que porta a tot arreu. Em pregunto d'on li ve la inspiració, tota aquesta energia desbocada. Em fa la sensació que simplement són ganes de fer soroll, que tothom giri la vista cap a ell quan està dalt d'un escenari.

Després del concert de dissabte ens vam quedar molta estona sols, apartats de la resta. Vam agafar una cervesa cadascun i ens vam asseure en un banc solitari de la plaça.

—Escriure cançons no és escriure el que vulguis, sinó el que encaixa amb la cançó —em va dir mentre passava la llengua pel paper de fumar—. T'has de passar hores i hores concentrat únicament a trobar la paraula exacta que viu dins la melodia. Per això és més fàcil començar amb una certa idea musical abans que amb la lletra.

Sempre té consells d'aquest estil, que m'apunto en una nota al mòbil per compartir-los més tard amb en Putxi. A mi no em costa gaire improvisar melodies, és un entreteniment divertit que no requereix gaire esforç. En Putxi i jo ens sorprenem coordinant infinites combinacions de sons i silencis; compartir aquest moment de creació amb algú altre és molt emocionant. Però les lletres són una altra cosa. Una lletra pot immortalitzar una cançó o arruïnar-la.

—Les rimes funcionen molt bé perquè se't gravi una cançó al cap i la vulguis cantar —continua ell—. Pensa en les dites populars. «Qui no sap riure, no sap viure», «No diguis blat fins que no sigui al sac, i ben lligat!». Te'n recordes perquè rimen, oi?

Quan em comenta la manera que té d'enfrontar-se a la música ho fa sonar molt més fàcil del que és, i aquesta és la seva màgia. Té una forma de pensar més imaginativa, més intuïtiva: és capaç d'arribar a una idea com qui arrenca un gra de raïm del branquilló, seleccionant-ne els més grans, els que tenen la pell més tersa i es despengen amb més comoditat. A part de tot això, al seu costat també estic descobrint grups i cantants que no coneixia i que fan que l'horitzó del meu món cada vegada sigui més ample. En Pau opina que la música omple els buits que hi ha a la nostra ànima i, per això, ens emocionem quan escoltem algú que sap expressar allò que també portem dins. És veritat que sento que quan componc hi poso part del que em fa por, el que desitjo, el que detesto, el que em posa trista o el que estimo.

—Et vull ensenyar la meva cançó —em vaig atrevir a dir, embriagada per la seva vitalitat—. M'encantaria que me'n donessis l'opinió.

—Ja era hora! —va contestar, rialler, i es va posar els cascs que li oferia. Portava tot l'estiu esperant aquest moment.

El tema és que és Festa Major i no m'agradaria deixar penjats els Skanyapobres, la veritat, perquè m'ho passo molt bé quan estem junts. Però com que la Raquel no s'ha decidit a dir-li res a la Berta, de moment no podem respondre'ls. Hem dit d'emborratxar-nos amb la Laila i la Berta mentre esperem que arribin la Flor i la Gina (que triguen bastant, per cert), així potser acabarem formant un ambient prou animat perquè a totes ens vingui de gust allargar-lo... i proposar l'opció del correfoc.

Em sembla un pla brillant. La merda és que han decidit que per beure havíem de jugar al pitjor joc del món.

—Jo mai mai... —és el torn de la Raquel, que ens mira amb un somriure murri als llavis— he mirat el paquet d'un tio i m'he intentat imaginar com la té.

Ja comencem.

—Bé, bé, a poc a poc ens anem animant. —Sembla que la Berta per fi es diverteix.

—Marranota. —La Raquel la mira fer un glop.

—Mira qui parla! —contesta l'altra, divertida, i totes dues brinden. Això té una explicació: quan estan juntes, per divertir-se, juguen a endevinar les formes dels penis dels que tenen al voltant. Jo no ho sabia, però es veu que sí, que tenen formes diferents, fins i tot colors diferents, o són més o menys peluts... Vaja, que amb els penis passa com amb les vulves, que no són com les que surten al porno.

—Tia, l'altre dia em vaig trobar l'Àlex pel carrer... —comença la Raquel.

—El Ganxo? —La Berta riu.

—Justa! —La Raquel també ho troba molt graciós—. Pobre, el mirava i no m'ho podia treure del cap!

—Qui és el Ganxo? —demano, perquè vull saber què m'estic perdent.

—Un flipat que va a la meva classe. Farà Filosofia. —Em fascina com la Berta classifica la gent pel que vol estudiar. Em pregunto si quan jo em vegi immersa en la voràgine de segon de batxillerat faré el mateix—. És un fatxenda, es pensa que és especial perquè ha llegit Schopenhauer i en fa bandera. Com si fos l'única persona que té interès pel que passa al món! Perquè te'n facis una idea, el seu treball de recerca anava sobre «el buit».

—I totes les pàgines estaven en blanc, o com va? —me'n burlo.

—Què va! Tant de bo fos la meitat de llest! Va entregar un pseudoassaig de trenta pàgines que li van puntuar amb un cinc i mig. —Al pronunciar la nota se li il·luminen els ulls, victoriosa. Em fa molta gràcia que la sàpiga, realment és obsessiva—. A part de tot això, es comenta que té la tita torta, com en forma de ganxo. Per això li diuen el Ganxo.

Honestament, no he vist tantes tites a la meva vida com per arribar a imaginar-me aquesta de què estan parlant. A part, no entenc què hi troben de divertit. Tot aquest interès en el sexe se m'escapa una mica... Potser no arribo a entendre l'obsessió de parlar de petons i sexe perquè no són coses que hagi viscut. Cada vegada que la conversa gira entorn d'aquests temes, em sento desplaçada, rara, alienígena. Totes tenen aquestes prodigioses anècdotes del dia que un va intentar fer-li dits, però no sabia ni situar el clítoris; o quan l'altre la va agafar pel cap mentre li estava fent una mamada i ella per protestar li va mossegar la polla i el va engegar; o quan no-sé-qui va intentar fer-ho al cotxe i els seus pares la van pillar. Sembla que si no tens històries d'aquestes per explicar, no ets interessant. La teva vida, llavors, és avorrida. I ningú vol tenir amigues avorrides. Jo no vull ser l'amiga avorrida.

No suporto el «Jo mai mai»! Són més fàcils les preguntes sobre si has copiat o no en un examen.

—Doncs que tingui forma corbada fa que arribi millor al punt G. —Aquesta peça de saviesa de la Laila sí que no me l'esperava.

—El punt G? —La Raquel, en canvi, no podria estar més encantada. El que em faltava.

—Ho vaig llegir en un article... —Ara a la Laila li ha agafat la seva timidesa característica i s'ha posat una mica vermella—. És on més plaer es pot sentir dins de la vagina. Està com per dalt, com... —Pobra, s'està posant bastant nerviosa—. Com just a sota del ventre. Si el penis té aquesta forma se suposa que és més fàcil arribar-hi.

—Al punt G també hi pots arribar amb els dits —opino jo.

—I tu com ho saps? —em pica la Raquel. Veig que ja va una mica beguda—. Què ho dius, pels dits de guitarrista d'en Pau?

—Quin Pau? —replica la Berta, interessada.

—Dels Skanyapobres —contesta la Laila.

—El finde passat. —continua relatant la Raquel, i m'assenyala entretinguda—. Et vaig veure ben engrescada parlant amb ell, súper seductora, tia. Per fi t'atreveixes a donar el pas!

—Sí, m'ho vas comentar —murmura la Laila mirant la Raquel, amb l'expressió curiosa, i després em mira a mi—. Va passar alguna cosa amb ell, o què?

Ara soc jo la que nota com se li encenen les galtes. Em fa vergonya i ràbia a parts iguals que tinguin monitoritzats els meus moviments al voltant dels tios, com si la meva personalitat hagués de ser estàtica, fixa, previsible. Em sento jutjada, en comptes de lliure de comportar-me com vulgui. Fins i tot la Laila, que se suposa que és la meva millor amiga, m'acorrala. «O què». Aquesta expressió porta implícita que, si no va passar res, va ser una pèrdua de temps. Que si estava sent propera amb en Pau només pot voler dir que volia follar amb ell. Com que és amb ell amb qui tinc més relació del grup, porten tot l'estiu amb la mateixa cançó, que m'hi he d'embolicar. Llenço una última mirada d'ajuda a la capitana, la nostra líder, esperant que els digui que no m'atabalin més.

Però als seus ulls veig la mateixa mirada que als de les altres: aprovació. La possibilitat de sentir-me part del seu grup.

Odio el «Jo mai mai»; algú fa una pregunta i has de beure segons si ho has fet o no, i a mesura que avances el joc totes les converses acaben girant al voltant del sexe. I jo no en sé res, de sexe, res de res. L'únic que he fet ha estat fer-li un petó als llavis a un dels campaments d'hoquei, i perquè era part d'una penyora. No tinc històries que parlin del dolor que em va fer que em trenquessin el cor o de gent que s'ha barallat per mi; tinc massa preocupacions al cap per sumar-n'hi una més (guanyar el partit del cap de setmana, la meva germana gran, aprovar-les totes, que els meus pares es portin bé).

Quan vaig saber que la Laila i el meu cosí, en Nil, s'estaven morrejant pels racons vaig notar una fiblada d'enveja. Va ser llavors quan vaig ser conscient de veritat que no he agradat mai a ningú. Amb la Laila, sempre que havíem sentit les noies de l'equip parlar de relacions ho percebíem com una realitat llunyana, que ja ens arribaria. De les dues, jo soc la més llançada, la més directa. Tota la vida havia estat convençuda que seria jo la primera a perdre la virginitat. Si té parella abans que jo, potser és que hi ha alguna cosa en mi que no va bé?

Miro les minerves inspeccionar-me i sé que al seu cap ja s'han muntat la pel·lícula de la meva primera nit al llit amb en Pau. Em sorprèn que m'agradi que em mirin amb aquesta intensitat, aquest interès incontrolable.

—Que li vaig ensenyar la meva música.

—I...?

Ara mateix, puc notar la força de les expectatives que han posat en mi, en aquesta història, que ha de ser la que em faci sortir de la casella d'«amiga avorrida». De sobte, soc el centre d'atenció, se m'obre la possibilitat de ser una altra persona.

—Un moment, vull saber com és aquest noi! —ordena la Berta.

La Raquel ja està buscant el seu perfil a l'Instagram, però és el típic que no penja fotos seves: l'única on se'l veu està de lluny i d'esquena, amb samarreta blanca i pantalons texans, mirant a l'horitzó en una platja a primera hora del matí. També hi surt l'Esteve, el reconec per les ulleres. La veritat és que només aquesta fotografia ja el defineix prou bé.

—És igual, és moreno i amb una mica de barba, com van ara tots els tios —resumeix la Raquel, que s'ha rendit i tanca el mòbil.

—Al final sí que els hauré de conèixer aquests, si totes hi esteu embolicades —comenta la Berta.

A en Pau, la meva cançó li va semblar una passada. El

que més va valorar és que la meva personalitat inundava cada nota.

—No m'imagino ningú més que tu cantant això! —havia exclamat.

—De veritat?

—Té mala llet, com una que jo em sé.

Vaig fer una ganyota que el va fer petar de riure i de sobte em vaig adonar de la intimitat que s'havia construït entre tots dos. Sols, asseguts al mateix banc, compartint el mateix porro. La mena d'escenes que a les pel·lícules estan carregades de romanticisme.

Immediatament em van venir al cap totes les converses que he viscut aquest estiu. La Laila sembla orbitar al voltant del seu enamorat, fins al punt que he passat moltes més estones amb la Raquel que amb ella. Això sí, quan hi són totes dues, s'uneixen parlant de nòvios i experiències sexuals. M'apartaven del seu univers fins que es van adonar que passava molta estona amb en Pau.

—T'agrada? —em va preguntar la Raquel una nit. Els meus pares no hi eren i la vaig convidar a dormir. Se'm va fer estrany no convidar la Laila, que és amb qui normalment faig aquesta mena de trapelleries. Però estava de vacances amb en Nil.

—No ho sé. —La vaig mirar cansada, amb la boca arrambada a la tassa del vàter: m'havia emborratxat amb sangria barata i havia fumat tabac per primera vegada. Acabava de vomitar.

—Això és que sí! —afirmava, animada.

Des de llavors, m'havia insistit perquè m'hi emboliqués. Segons ella, és inqüestionable que estic penjada d'en Pau. Tanta tossuderia m'havia fet pensar que potser tenia raó. No sé res d'amor i ella hi té experiència. De mica en mica, la idea que sabia millor que jo mateixa el que sentia va anar agafant força enmig dels meus pensaments; tanta, que m'hi vaig llançar.

Li vaig fer un petó a en Pau.

Només de tastar el seu alè de cendra vaig saber que m'havia equivocat. Ell no em va rebutjar, fins i tot diria que en va arribar a gaudir més que jo. Però, quan va obrir la boca per colar-me la llengua, em vaig apartar.

—Perdona. —Em sentia humiliada—. No sé per què ho he fet. —I estúpida.

—No passa res. Anem borratxos, som adolescents i estem sols. És normal.

Per sort, en Pau té l'habilitat de no jutjar-te. Vam tornar a posar-nos a parlar sobre música, disfresses esbojarrades que podia fer servir als seus concerts i plans d'estiu. Ara que hi penso, va ser llavors que li vaig mencionar que havien de venir a la nostra Festa Major. Després d'aquest petit incident no va canviar res entre nosaltres, però jo no podia deixar de donar-hi voltes. Més tard, ens vam tornar a trobar amb tot el grup. Asseguts en rotllana i bevent cervesa, com sembla que només saben fer els d'aquesta colla, vaig agafar l'Esteve per banda i el vaig interrogar. Sabia que ell em podia aclarir els dubtes que em passaven pel cap.

—Des de quan t'agrada? —Sempre m'he caracteritzat per ser directa.

—Com? —L'Esteve gairebé s'ennuega fent un glop de cervesa. Jo em vaig limitar a assenyalar-li en Pau, i ell va riure—. Des que no anem al mateix institut.

—Vas notar alguna cosa diferent en ell?

—Em vaig adonar que el trobava a faltar més del normal. I quan el veia em feia sentir molt feliç.

—Però hi ha molta gent que et pot fer sentir feliç. Com sabies que era amor? Descriu-me'n la sensació.

—Ai, Emma, ets molt tècnica. —Va posar els ulls en blanc—. Doncs no ho sé, suposo que em fa venir pessigolles.

—Pessigolles?

—Cada vegada que el veig penso que és molt amable i m'agrada, noto benestar i pessigolles. Contenta?

Vaig mirar l'Esteve com si m'estigués parlant en un altre idioma. Quan jo estic amb en Pau no noto cap d'aquestes coses, només admiració. Voldria tenir les seves idees, la seva energia, el seu talent. No em fa venir pessigolles, vull ser com ell.

—No t'has enamorat mai o què? —pregunta l'Esteve, curiós.

—Doncs no.

I aquesta vegada estava segura del que deia, tot i que em fes una mica de por. Les meves amigues parlen de l'amor com si fos tot el que et pot omplir en aquesta vida, la Laila cancel·la tots els plans amb nosaltres per estar a soles amb en Nil i a mi m'havien convençut que m'havia d'agradar algú. Potser no m'agraden els nois, havia pensat. Però tampoc recordo haver-me sentit especialment atreta per cap noia. Estava confosa i amoïnada perquè no només em sentia allunyada de les meves amigues per no haver follat: és que no m'agradava ningú, ni nois ni noies. Així que, molt a pesar meu, vaig haver de recórrer al meu últim recurs per consultar què em passava: la meva germana gran.

L'Anna és una conductora pèssima perquè li fa por la carretera, sobretot de nit, però, com que l'hi vaig demanar, em va venir a buscar després d'estar parlant amb l'Esteve. Va arribar vestida amb el pijama.

—No t'arregles per veure'm? —li vaig dir de broma.

—Calla i puja, que és tard —va contestar, picada. Em fa molt riure veure-la així.

Potser era perquè anava beguda, però el camí de tornada se'm va fer més llarg que el d'anada. L'Anna estava molt callada i jo procurava mantenir els ulls ben oberts, perquè no em volia quedar adormida. No deixava de donar voltes al que m'havia revelat l'Esteve: que mai m'ha agradat ningú. Em sentia rara. I si era l'única adolescent del món a qui no li havia agradat cap persona?

—Tu, quan vas tenir nòvio?

—Què?

—Ja m'has sentit. —Em costa ser vulnerable amb la meva germana, no calia que em tornés a fer passar per aquell tràngol.

—Crec que no n'he tingut mai.

—No em vacil·lis, eh? —L'Anna és experta a prendre'm el pèl quan es tracta de situacions serioses.

—Més rotllets que nòvios.

—Massa detalls.

—M'has preguntat! —va riure.

—I ja me n'estic penedint…

—Que tens nòvio? —Es va girar cap a mi, múrria. Com li agrada fer-m'ho passar malament…

—No.

—Nòvia?

—Tampoc.

—Ja arribarà.

—I si no arriba? —finalment em vaig atrevir a verbalitzar la meva gran preocupació.

—Doncs no arribarà. No t'obsessionis, Emma, que tu ets molt d'obsessionar-te. Ara l'hoquei, ara la música, ara l'amor…

—L'amor no m'obsessiona, aquest és el problema. Totes les meves amigues es passen el dia discutint sobre l'amor, menys jo.

L'Anna va deixar anar una riallada.

—I aquest és el problema? Tens setze anys! És perfectament normal. Ja tindràs temps d'amors, no vulguis córrer.

Se'm va quedar gravada la visió de la meva germana conduint al meu costat, il·luminada pels llums de la carretera, amb la mirada fixada en la línia blanca de la carretera. Segons la meva germana, el que em passa és «perfectament normal» i ja estava més tranquil·la.

Torno a mirar la Raquel, la Laila i la Berta. Totes tres em miren expectants, com mai abans.

—Li vas ensenyar la teva música i ja està? —reprèn la Laila.

Em rebenta el seu to incrèdul, que sigui més important amb qui m'embolico que els meus avenços component cançons. Això sí que em fa venir pessigolles!

—Què vols que et digui, que també li vaig ensenyar el cul? —contesto amb sarcasme.

—No cal que et posis així —protesta la Berta, que per la cara que posa s'ha esgarrifat amb la imatge.

—Que només preguntàvem, eh? — fa la Laila, molesta.

Em mira, ofesa, quan l'ofesa hauria de ser jo. No m'agrada en Pau, que s'ho fiqui al cap d'una vegada. Em sembla fantàstic que ella s'enamori i això la faci feliç, però a mi, ara mateix, em fa més feliç estar mil hores tancada al local d'en Putxi fent cançons que estar pensant en qui m'agrada o em deixa d'agradar. No entenc per què la Laila es posa tan pesada. Què passa, que com que ella té parella ara totes n'hem de tenir? A més, des de quan li importa el que faci? No ha volgut quedar en tot l'estiu i de sobte li és fonamental saber amb qui m'embolico. Aquesta tonteria és el que més li interessa de mi? Que se'n vagi a pastar.

—Va, per què no seguim jugant? —dic, desafiant—. Jo mai mai... He trencat la promesa de no fer passar el meu nòvio per sobre de les meves amigues.

Alço el meu got, furiosa, i miro a la Laila directament als ulls. Està pàl·lida. Així aprendrà a no ficar-se on no la demanen. Volien que el joc fos entretingut? Doncs que comenci la festa.

4

Laila

Com s'ha passat l'Emma. Em fa ràbia perquè durant tot l'estiu no m'ha semblat que li importés que posés per davant la meva relació amb en Nil; i ara m'ho ha de retreure davant de totes? Quin morro que té. Si realment som amigues i li ha molestat tant, no m'ho podria haver dir en privat? No, l'Emma sempre ha de muntar un drama públic. Li encanta. A vegades penso que se sent còmoda en les situacions de més tensió.

Bec fent-li una mirada assassina a l'Emma.

Li diria tantes coses ara mateix que no sé ni per on començar. No sé si és conscient que, en part, és per culpa seva que vaig trencar la nostra promesa.

Cada estiu, en Nil s'instal·la a Cadaqués en un apartament espectacular del seu pare. Des de fa tres anys, per Sant Joan hi organitza una macro festa. L'any passat, però, van destrossar una taula fent un pols i la música estava tan forta que els veïns van trucar a la policia. Per això, aquest any va decidir que no feia cap festa i em va proposar passar-hi el pont de Sant Joan tots dos sols. Com que amb les noies del Minerva no havíem organitzat res, vaig pensar que era el pla perfecte.

Una setmana abans del pont de Sant Joan, la Raquel es va il·luminar i ens va convidar a la casa del seu pare de Llafranc. Totes van dir que sí perquè no tenien cap altre pla i, és clar, jo no sabia què fer. Volia estar amb en Nil, però també tenia ganes d'estar amb les noies, i més si hi érem totes. Seria una bona manera de començar l'estiu amb elles. Li vagi proposar a en Nil de passar dos dies a Cadaqués amb ell i després la nit de la revetlla i el dia de Sant Joan amb les noies. Òbviament, en Nil ho va entendre perfectament i es va apuntar a la festa que organitzava la seva colla d'amics de Cadaqués.

Tot semblava perfecte. Dijous a la nit, mentre em preparava la bossa per al pont, estava molt nerviosa. Era el primer cop que passava uns dies fora amb en Nil i em venia molt de gust passar la revetlla amb les noies. En aquell moment va ser quan vaig decidir començar el meu quadern de dibuixos de l'estiu. Em vaig adormir amb un somriure d'orella a orella. Tenia el pressentiment que aquell seria el millor estiu de tots. El que no sabia és que a partir de la nit de Sant Joan, l'amistat amb les noies de l'equip canviaria radicalment.

Divendres al matí, la mama em va portar a l'estació d'autobusos. Allà ja hi havia en Nil. Tot i que ja es coneixen, a mi encara em fa una mica de vergonya, quan es troben, així que vaig intentar que marxés, però no va colar:

—No cal que baixis, així no has de pagar el pàrquing.

—Va, Laila, que no em ve d'un euro i així saludo en Nil —em va contestar, tota contenta.

Amb un riure més que forçat vaig fer que sí amb el cap, quan el que li volia dir és que no em fes fer el ridícul, per favor! Vam aparcar el cotxe i vam baixar totes dues. Em sentia com una nena petita. No sé per què em va fer cosa fer-li un petó a la boca a en Nil davant la mama i li vaig fer una abraçada. I llavors la mama ja va començar a fer de les seves. Primer li va fer una abraçada i dos petons molt efusius, i el pobre Nil es va quedar una mica tallat. Però encara faltava el pitjor, ella necessitava fer-se la moderna i em va donar una bossa de la farmàcia amb un paquet de condons a dintre. Ens vam quedar tots dos de pedra. Jo em volia fondre i en Nil es va posar vermell de cop i va començar a suar. Jo ja no sabia què dir:

—Vinga, mama, ja pots marxar. Moltes gràcies.

La mama ens va fer un petó a la galta a tots dos i va anar cap al cotxe. Quan ja no la vèiem, ens va venir un atac de riure a tots dos, d'aquell riure nerviós que no pots parar i et fa venir mal de panxa. Per sort, en Nil no va fer cap comentari de la mama i jo tampoc. Em vaig posar la capsa de condons a la motxilla i vam pujar al bus.

—Hola, amor, estàs preciosa —em va dir mentre em feia un petó.

El vaig mirar als ulls i no em vaig poder aguantar el somriure tonto. M'agrada tant, és el millor! Li vaig fer un altre petó i ens vam estar enrotllant una bona estona. M'hauria estat hores i hores fent-li petons. Les tres hores de viatge no se'm van fer tan llargues com pensava. Vam estar escoltant música, parlant de tonteries i rient amb vídeos de gent que cau en situacions ridícules. Durant l'última hora, en Nil es va adormir i jo vaig aprofitar per dibuixar-lo.

La casa d'en Nil és el lloc més bonic on he dormit mai. El que més m'agrada és que té una piscina d'aquelles infinites, amb unes vistes brutals de tot Cadaqués.

—Tenia tantes ganes de ser aquí amb tu —em va dir amb veu baixa mentre em feia un petó al coll.

Vaig tancar els ulls, no em podia creure que fos allà amb ell, a soles, teníem dos dies i els havíem d'aprofitar al màxim.

—Anem cap a la platja? —em va proposar en Nil.

—T'han deixat la moto, al final? —li vaig preguntar.

—Sí, et portaré a la meva cala preferida.

—Perfecte. Agafo les ulleres d'aigua per si hi ha peixets!

En arribar a la cala, només hi havia una família amb dos nens rossets moníssims i una parella de noies que llegien. Tots anaven despullats; en Nil es va estranyar, fins que vam veure el cartell que posava que era una platja nudista.

—L'any passat no ho era —em va dir, preocupat—. Si et fa cosa, podem anar a un altre lloc.

—Si a tu no et fa res, per mi està bé. No veuràs res que no hagis vist abans!

Vam baixar unes escaletes fins a la cala, vam deixar les tovalloles i tots dos ens vam despullar. Ens vam posar les ulleres d'anar a sota l'aigua i ens vam tirar al mar de cop. Vam estar molta estona mirant els peixos que eren a prop de les roques. N'hi havia de tots colors i mides. M'hi podria haver quedat hores. Vaig veure que en Nil anava cap a unes roques una mica més allunyades i al cap d'una estona el vaig seguir. Vam pujar a les roques per parar el sol una estona.

—No sabia que t'agradaven tant els peixos —em va dir, mentre recuperava la respiració.

—M'encanten! De petita em feia molta por el mar perquè no sabia el que hi havia al fons. Ho veia tot negre i m'espantava pensar que venia un tauró. Per això, el meu pare em va comprar unes ulleres d'aigua i vam anar a una zona a prop de les roques on es veien molts peixos. Encara recordo que em va dir que, en tot el mar, hi havia moltes famílies de peixos diferents que ens vigilaven perquè els taurons no ens fessin res, i gràcies a això ja no vaig tenir més por. —En Nil somreia mentre li explicava la història—. I, òbviament, ara sé que no és veritat, però em tranquil·litza entrar a l'aigua i buscar on són els peixos. No ho sé, sempre em sento una mica millor, si sé que els tinc a prop.

En Nil se'm va quedar mirant d'una manera com no ho havia fet mai. Es va quedar callat, pensatiu, com havia fet altres vegades, però mai amb aquella cara.

—T'estimo, Laila.

Era el primer cop que m'ho deia, no m'ho esperava, i menys després de la tonteria de nena petita que li havia explicat. Jo també l'estimo, molt, però en aquell moment no em va sortir de dir-li res i li vaig fer un petó. Ens vam començar a enrotllar apassionadament. Cada cop més a prop, cada cop tocant-nos més. I, és clar, entre que ja anàvem despullats i que estàvem força apartats de tothom, ens vam posar calents. Vaig mirar en Nil i em vaig tirar de cop a l'aigua, no volia fer-ho allà, a les roques, em feia cosa que algú ens veiés. Ell també es va tirar i vam nedar cap a un zona on tocàvem amb els peus al terra. Allà, en Nil em va agafar per la cintura i ens vam començar a petonejar de nou i ens vam començar a tocar.

—Vols fer-ho?

—Sense condó, no —li vaig contestar.

Ens vam seguir tocant a dins de l'aigua. Em va encantar sentir que anàvem al mateix ritme que el mar, que ens acompanyava d'alguna manera en el nostre amor. Va ser màgic, no havia sentit mai tant plaer com en aquell moment. Quan tots dos vam acabar, ens vam quedar una estona abraçats, dins de l'aigua, recuperant la respiració. I em va sortir, sense pensar-ho:

—Jo també t'estimo, més que mai.

Vam anar a dinar a un restaurant italià on anava sempre en Nil amb els seus amics d'allà. La propietària, una senyora italiana, ens va explicar que va decidir quedar-se a viure a Cadaqués el primer cop que va veure la posta de sol al cap de Creus. Es veu que la va atrapar tant que no se n'ha pogut allunyar mai més. Em va semblar fascinant la seva història, s'ha de ser molt valenta per fer un canvi tan radical a la vida.

—T'imagines obrir un estudi de pintura aquí? —fantasiejava jo—. Podríem llogar una caseta i anar cada dia a descobrir llocs nous per dibuixar.

—I podries fer còmics explicant com és viure a Cadaqués a l'hivern, quan la majoria de les coses estan tancades, ja no et ve de gust banyar-te a la platja i la tramuntana et pot arribar a fer tornar boig. —En Nil bromejava, però em va tallar el rotllo.

—Maco, somiar és gratis! Bé, és igual... Què demanes?

—Ens partim una pasta i una pizza?

—Fet! I un provolone mentre esperem? Em moro de gana. —Eren quasi les quatre i no havíem menjat res des de les onze, al bus.

—El d'aquí t'encantarà, és el millor que he tastat mai! Fem tortel·linis de pera i gorgonzola? Tu tries la pizza!

—Tropical? —Vaig creuar els dits perquè fos dels qui els agrada la pinya a la pizza.

—Perfecte. Pinya a la pizza *team*! —Vam xocar de mans.

En Nil em va convidar a dinar, li vaig dir que no calia, però ni cas. Vaig decidir que jo el convidaria a sopar i així ja quedava compensat. No volia que m'ho pagués tot. A la tarda, ens vam quedar a la piscina de l'apartament. Jo vaig estar llegint un còmic i dibuixant les coses més boniques que havien passat durant el matí: les vistes des del bus pujant a Cadaqués, els peixets de la cala envoltant-nos mentre ens donàvem plaer i la senyora italiana servint-nos els tortel·linis més bons que he menjat mai.

—Vols que anem a veure la posta de sol al cap de Creus? —em va proposar en Nil.

—Però, i si m'atrapa tant que em vull quedar a viure aquí? Estàs disposat a passar els hiverns a Cadaqués? —vaig bromejar, tornant-li el comentari que m'havia fet al restaurant.

—M'ho hauré de pensar... —va dir fent broma.

—Perdona?! —li vaig dir fent-li un copet al braç, i tots dos ens vam posar a riure.

—Agafa una dessuadora, que allà dalt fa una mica de fred. —Sort que m'ho va dir, perquè realment hi feia moltíssim vent.

La posta de sol va ser preciosa i vaig entendre per què aquella senyora italiana se n'havia quedat tan enamorada. Allà, veient com el sol desapareix, ho relativitzes tot. Ets tan petita davant de l'espectacle de la naturalesa que sembla que res és tan greu, tan important ni tan definitiu.

—El dia se'n va i nosaltres ens quedem —va murmurar.

Vaig agafar el quadern ràpidament i en un lateral d'un foli en blanc vaig apuntar la frase que havia dit en Nil i em vaig posar a dibuixar el paisatge. Vaig fer un esbós ràpid perquè es començava a fer fosc, però necessitava immortalitzar aquell moment, posar en el paper el que havia sentit perquè no s'escapés mai.

Quan vam arribar a casa, em venia molt de gust fer-me una banyera, tenien un d'aquells mini jacuzzis i no m'hi vaig poder resistir. Quina relaxació, els raigs em feien un massatge a l'esquena, l'aigua estava a la temperatura perfecta i la música de fons... Si pogués, ho faria cada nit abans d'anar a dormir. Em vaig submergir i els raigs em feien massatges al cap. En Nil va trucar a la porta:

—Puc entrar? Crec que m'he deixat el carregador aquí.

Li vaig dir que passés, només faltaria, que no calia ni que truqués a la porta. Va entrar, va agafar el carregador i, quan estava a punt de sortir, em vaig atrevir a preguntar-li:

—Vols entrar? S'hi està molt bé.

Es va posar una mica vermell, se li va escapar el riure i va fer que sí amb el cap. Es va treure el banyador i la samarreta i va entrar. Vam estar una estona en silenci, escoltant música.

—Tinc moltes ganes de passar aquest estiu amb tu. Podem fer més plans com aquests —em va dir de cop, com si portés una estona pensant-hi—. Et podries instal·lar aquí amb mi al juliol. El meu pare encara treballa, m'hi estaré tot el mes sol.

—M'encantaria, però no ho sé... No vull estar tant de temps sense veure les minerves.

—Podem anar a totes les festes majors i així les veus els caps de setmana. Total, a l'estiu el poble està mort, és depriment.

—No hi ha mil coses a fer, però estem juntes i m'encanta passar hores i hores amb elles al parc menjant gelats. —A en Nil sempre li costa entendre que ens quedem al poble. Com que ell té el privilegi de poder estar-se a la costa, no sap què és gaudir de l'avorriment del poble—. A més, a principis d'agost vaig al Marroc a veure la família i ja seré molts dies fora del poble...

—Però em promets que em vindràs a veure alguns dies?

—T'ho prometo. —És clar que em vindria de gust passar tot l'estiu a Cadaqués amb ell, però amb les noies havíem fet una promesa: no deixaríem que cap parella es posés per davant de la nostra amistat. I jo, en aquell moment, estava disposada a complir-la.

Vam estar una estona més al jacuzzi, fent bromes i recordant anècdotes que ens havien passat junts: la nostra primera vegada a la furgoneta de l'Anna o el cop que vaig menjar galetes maria i vaig acabar tan malament que em va haver de venir a buscar el meu pare. Quan ja estàvem tots dos arrugats com avis, vam sortir. Havíem dit que soparíem en un restaurant marroquí que m'havia recomanat el meu pare, però en aquell moment jo només volia posar-me el pijama i estirar-me al sofà.

—Vols que demanem alguna cosa i ens ho mengem aquí? —Va ser com si en Nil em llegís la ment.

—És el que estava pensant ara mateix. Fem sofà i pel·li?

—Sí, i demanem sushi? —No conec ningú a qui li agradi més el sushi que a ell, en menjaria a totes hores—. Hi ha un lloc que el fan boníssim.

—I si fem unes hamburgueses? —La veritat és que em vaig ratllar una mica, li havia dit que el convidaria jo a sopar, però ja veia a venir que si ell deia que era boníssim, també deuria ser caríssim. Em feia cosa dir-li que era per això dels diners, però una vegada més em va llegir els pensaments.

—Si ho dius pel preu, no pateixis, ho pago jo. El meu pare m'ha donat diners de sobres per a tot el cap de setmana.

—No ho sé... Havia dit que et convidava jo, em sap greu.

—No te'n sàpiga, si ho paga el meu pare i està encantat de convidar-nos! A més, no em diguis que no et venen de gust uns *nigiri* de salmó o uns *california roll*?

—Hi posen ceba fregida als *california roll*?

—Sí, i tenen amanida d'algues d'aquella que t'agrada també! —em va dir.

—Va, d'acord, però el proper cop convido jo, sí o sí. —Ell volia sushi i no l'hi trauria del cap. I la veritat, a mi ja se'm feia la boca aigua.

—Que sí... no et preocupis per això!

Una mica sí que em preocupava; el pare d'en Nil sempre li donava diners perquè féssim coses, i els meus pares no tants. En aquell moment, només era una petita preocupació, però no sabia que al final de l'estiu es convertiria en una bola cada cop més gran, que m'aniria fent sentir més allunyada d'ell.

Em vaig quedar adormida a mitja pel·lícula i, quan es va acabar, en Nil em va despertar per anar cap al llit. A l'habitació, ens vam començar a fer petons, cada vegada més apassionadament. Ens acariciàvem i ens donàvem plaer mútuament. Cada vegada m'agrada més fer l'amor amb ell. Sento que ens anem coneixent millor i sabem què ens agrada i com ens agrada. Després de tocar-nos una estona, en Nil es va posar el condó i vam seguir. Primer es va córrer ell i, com que jo encara no estava, em va fer un cunnilingus i llavors sí que em vaig córrer. En Nil es va quedar abraçat a sobre meu, amb el cap sobre el meu pit, i ens vam adormir.

L'endemà al matí ens vam despertar més tard de les dotze, vam esmorzar ràpid i vam anar a voltar per Cadaqués. Vam passejar pels carrerons de pedra i vam entrar en algunes de les botiguetes d'artesans. Tot el que tenien era preciós, em vaig haver de controlar per no comprar-ho tot. Teníem ganes d'anar a molts llocs, però molt poc temps per fer-ho. A les quatre havia d'agafar el bus cap a Llafranc per anar a la festa amb les noies. Com que ja no teníem temps d'anar a cap cala, vam anar a una de les platges de dins del poble. Vaig estar nedant una bona estona, em venia de gust fer una mica d'exercici, i després vam parar al sol. Ens vam quedar tots dos mig adormits i quan ens en vam adonar ja eren dos quarts de quatre. Al cap de mitja hora sortia el bus i encara havia de passar per l'apartament a buscar la bossa i dinar.

—Fem una cosa, jo et vaig a buscar la bossa mentre tu et compres dinar —em va proposar—. Baixaré amb la moto, quedem davant del casino.

—Perfecte! Pensa a agafar-me el mòbil, el tinc carregant-se a l'habitació.

En Nil va marxar corrents i jo vaig entrar al primer lloc que vaig veure. Vaig demanar un kebab i una aigua ben freda. L'espera se'm va fer eterna, no podia parar de mirar el rellotge del restaurant. Quan em van donar el kebab, ja eren tres quarts de quatre. Només em quedaven quinze minuts. Vaig sortir corrents cap al casino i ja hi havia en Nil amb la moto. Hi vaig pujar, em vaig posar el casc i vam arrencar.

Mai havia anat tan ràpid amb una moto. Vam arribar a l'estació d'autobusos. Vaig entrar corrents a comprar el bitllet mentre en Nil demanava al conductor de l'autobús que s'esperés. Vaig fer un petó ràpid a en Nil i vaig pujar al bus d'una revolada. Mentre el bus s'allunyava, en Nil em deia adeu des de l'andana. M'hauria quedat allà amb ell, és el que em venia més de gust en aquell moment, però no podia ser. Sabia que havia d'anar amb les del Minerva. Estaríem totes juntes i seria una nit d'aquelles per recordar. A més, no volia deixar de fer plans amb elles, i menys pel fet de tenir parella. Una promesa és una promesa.

El kebab se'm va posar de meravella. Vaig intentar dormir una mica, però no vaig poder, estava nerviosa pensant en la nit que ens esperava. Tenia moltes ganes de veure-les. A més, havia decidit que aquell dia faria un dibuix de totes juntes. Potser era una tonteria, però, ja que havia començat el quadern de dibuixos d'estiu, em feia il·lusió tenir el record de la nit de Sant Joan amb elles. Em vaig posar a acabar els dibuixos que havia fet aquests dies a Cadaqués i em va passar el temps volant.

Mentre esperava que arribés el segon bus que havia d'agafar per arribar a Llafranc, vaig pensar que portava tot el dia sense mirar el mòbil. Soc un petit desastre amb això. El vaig obrir i tenia un munt de missatges: la majoria eren notes de veu de l'Emma súper llargues que em va fer mandra escoltar en aquell moment; la meva mare, preocupada per si tot anava bé, i llavors missatges al grup de les de l'hoquei. Els vaig començar a llegir i no m'ho podia creure...

FLOR: *Nenaaas, lo siento, pero ¡no cuenten conmigo para esta noche! Mañana trabajo por la tarde y ¡no me renta venir a Llafranc por tan poco tiempo!* 😭
Pásenlo en grande, boludaaaas 🔥

RAQUEL: *Ooh, Flor, quina llàstima... no serà el mateix sense tu!*

Amb l'Emma ja som a Llafranc.
A quina hora arribeu les altres?

GINA: *Titiiis, jo tampoc vindré al final, ahir vaig sortir a saco amb les de l'assemblea i estic feta puré! Faré un pla més de tranquis i demà aprofitaré per anar a fer una excursió amb una amiga.*

EMMA: *Tia... què dius? Pots fer pla de tranquis aquí també, no cal que vagis a dormir gaire tard! Farem festeta a casa la Rache i que tothom vagi a dormir quan vulgui.*

BERTA: *Noies, jo també soc baixa avui... Em quedaré a casa amb la meva mare i la Terrats... Passeu-ho mooolt bé!* 😘

RAQUEL: *Ua, em sembla fort que passeu de nosaltres a última hora, la veritat.... Ja hem comprat tot el menjar i les begudes... Si no volíeu venir, com a mínim ho hauríeu pogut dir abans i no el mateix dia...*

EMMA: *Penso el mateix que la Raquel...*

RAQUEL: *Laila??? Tu penses venir o també passes, com totes?*

EMMA: *Eooo, Lailaaa???*

Estava flipant, no m'ho podia creure. Ho arribo a veure abans i em quedo amb en Nil. Encara havia d'agafar el segon bus per arribar a Llafranc i em vaig plantejar tornar cap a Cadaqués, però en Nil ja havia quedat amb els seus amics d'allà i no el volia fer tornar a canviar de plans. Així doncs, vaig pujar al segon bus, escoltant els àudios de l'Emma, on em deia que estaven tan enfadades amb les noies, que tot el que havien comprat es faria malbé i que seria un Sant Joan de merda. No els vaig escoltar tots perquè m'estava deprimint i vaig contestar pel grup de totes:

Jo sí que vinc.
Arribo d'aquí a una hora amb el bus.
Vinc directament a casa de la Raquel?

L'última pujada per arribar a casa de la Raquel sempre se'm fa eterna. Arribo a dalt ben suada i sense respiració, però les vistes i la casa valen molt la pena, moltíssim. Em vaig parar a mitja pujada per fer una foto del paisatge. Vaig mirar el grup de WhatsApp de les noies i ningú m'havia contestat... Però me'n vaig oblidar de seguida perquè des d'allà es veia el mar immens i el far de Sant Sebastià, un dels meus llocs preferits de la Costa Brava.

Mentre seguia pujant, vaig començar a sentir música, cada vegada més forta. Pensava que seria d'alguna altra casa. No podia ser que l'Emma i la Raquel s'estiguessin muntant aquella festa elles dues soles, i menys a les vuit del vespre. Però quan vaig ser davant del portal vaig veure que sí. Era casa seva. Vaig estar tocant el timbre una bona estona, les vaig trucar a totes dues mil vegades, i res. Em van tenir més de mitja hora esperant a fora fins que un noi va sortir de la casa i vaig poder entrar-hi jo. Estava ple de gent desconeguda i no les trobava enlloc. Al final les vaig veure a la piscina, jugant a voleibol dins l'aigua amb uns nois.

—Laila —va cridar l'Emma des de l'aigua—, pensàvem que tu tampoc vindries!

La vaig saludar amb la mà una mica tallada. Mai m'han agradat aquestes festes tan multitudinàries, i menys si no conec ningú. Em costa començar converses amb gent desconeguda i en aquests moments sempre em sento una mica desplaçada, fora de lloc.

—Ves a la cuina i agafa el que vulguis de beure —em va dir la Raquel—. Ah, i deixa la bossa a qualsevol habitació, tu mateixa!

Vaig pujar al tercer pis, sabia que allà hi havia una habitació dels mals endreços amb un llitet. De petites, sempre jugàvem allà quan veníem a veure la Raquel. Allà, ningú em vindria a molestar a l'hora d'anar a dormir. En pujar per les escales, un noi em va fer una abraçada efusiva:

—Benvinguda a la millor festa de la Costa Brava. Hi ha begudes, menjar i, si tens sort, sexe!

Vaig fer un somriure forçat perquè em deixés seguir. No entenia res. Qui era aquella gent i per què em donaven la benvinguda a casa de la meva amiga?

A l'habitació, hi havia més joguines i caixes del que recordava. Ho vaig apartar tot de sobre el llit i vaig veure que no hi havia llençols, així que vaig baixar a l'habitació de la Raquel per agafar-ne uns. Quan vaig entrar a l'habitació, hi havia dos nois enrotllant-se a sac al llit, els vaig demanar perdó i vaig tancar la porta de cop. L'endemà em presentarien els dos nois, l'Esteve i en Pau. Vaig decidir que ja tornaria més tard a buscar els llençols, encara quedava tota la nit.

L'Emma i la Raquel estaven a la seva salsa, parlant amb tothom, fent-se fotos i rient com si els coneguessin de tota la vida. Quan vaig aconseguir parlar amb elles, els vaig preguntar qui era tota aquella gent.

—Són amics dels Skanyapobres —em va contestar l'Emma, com si jo sabés qui eren aquells.

—Els què? —vaig preguntar, cansada.

—Els hem conegut a la platja, just quan totes ens han deixat tirades. Hem anat a banyar-nos i, quan hem tornat a la sorra, teníem un grup de nois tocant la guitarra i cantant al nostre costat.

—I aquesta, que cada vegada que escolta música es torna boja, s'ha posat a parlar amb ells —afegia la Raquel mentre feia un glop de cervesa.

—Doncs sí, i ben contenta que has estat que hi parlés, eh?

—No em queixo, no! —La Raquel li va fer un copet a l'Emma i totes dues es van posar a riure.

—El cas és que els hem explicat que teníem una festa muntada, però que les nostres amigues ens havien deixat tirades. Llavors ells ens han explicat que havien vingut a fer un concert benèfic al matí a Llafranc i no tenien on celebrar el Sant Joan. I la Raquel els ha convidat a casa.

—I han començat a trucar a amics i coneguts, i mira, la millor festa que he fet a casa.

—Titi —li va dir la Raquel a l'Emma—, vaig a parlar amb en Pep, a veure si em presenta el tiarro amb qui està parlant.

—Qui és en Pep? —vaig preguntar a l'Emma

—Un dels del grup Skanyapobres, després te'ls presento tots, et cauran molt bé. A més, viuen al poble del costat, segur que tenim algun amic en comú i no ho sabem encara! Vaig a buscar una birra, te'n porto una?

—No, gràcies, d'aquí a una estona ja en pillaré una —vaig dir, encara flipant que haguessin improvisat una festa amb uns tios que cantaven a la platja.

Vaig estar tota la nit sense parlar amb ningú. No vam fer ni el sopar. Van treure quatre coses per picar, però ningú va cuinar res. Jo em vaig fer un entrepà i vaig picar patates, olives i alguna cosa més. A la Raquel i l'Emma les vaig veure només un cop més durant tota la nit, estaven ben borratxes ja. La Raquel, penjada dels braços d'aquell tal Roger i l'Emma, cantant mentre en Pau, el que m'havia abraçat a l'escala en arribar i que també és dels Skanyapobres, tocava la guitarra.

Cap a les dues ja vaig anar a dormir, estava esgotada. Com que no tenia llençols, vaig intentar entrar un altre cop a l'habitació de la Raquel, però no hi va haver sort, aquest cop hi eren ella i en Roger. Així que vaig anar al lavabo i vaig agafar dues tovalloles grans. Una per posar de llençol de sota i l'altra per tapar-me una mica. Sort que feia molta calor, i més en aquella minihabitació amb la porta tancada. Em va costar una mica adormir-me, la música encara estava altíssima i la gent cridava i cantava tota l'estona.

L'endemà em vaig despertar cap a les deu i tothom dormia. Hi havia gent tirada al sofà, a les gandules de la piscina i, fins i tot, una noia a sobre de la taula de la cuina. Veient el panorama, vaig decidir d'anar a fer una volta, total, ningú em trobaria a faltar. Em vaig posar uns pantalons llargs amples, una samarreta blanca i les xancletes.

Mai havia passejat per aquella zona. Les cases allà són cadascuna més espectacular que l'anterior. Sembla com si les haguessin anat construint progressivament pensant què podien fer més luxós que a la casa del costat. Algunes cases encara estaven tancades, esperant que els propietaris encetessin la temporada d'estiu; en d'altres hi havia els jardiners posant la casa a punt o gent netejant les restes de la festa del dia anterior. Però no hi havia ningú pel carrer. Semblava un desert, molt luxós, però un desert.

Tenia mil pensaments al cap, no sabia què fer. Passar el juliol amb en Nil o amb les minerves? Vaig accelerar el pas sense quasi adonar-me'n. La nit anterior havia estat un desastre i estava tan decebuda amb les de l'equip que no tenia ganes de veure-les. Em vaig posar a córrer molt ràpid. Excuses per no venir a la festa. La Raquel i l'Emma passant de mi tota la nit. Gent desconeguda fent-me bromes pesades. Sentir que no importo a ningú. No podia parar de córrer, descontrolada. En Nil. Descobrir cales noves. La posta de sol al cap de Creus. Parlar i riure de tot. Sentir que algú em cuida i que cuido algú. Que soc important per a algú. Continuava corrent, no podia parar, no volia parar, córrer sempre m'ajudava a aclarir les idees, però ara no m'estava servint. Què havia de fer? Què em venia més de gust? Se'm va doblegar la xancleta, merda, i em vaig veure a terra de cop. Sort que jugar a hoquei m'havia ensenyat a caure bé i no em vaig fer gaire mal, però em vaig rascar els palmells de les mans i el genoll dret. Per sort, només em vaig fer un forat molt petit als pantalons que quasi no s'apreciava. Me'ls vaig doblegar per sobre del genoll perquè no es taquessin de sang i, descalça, vaig tornar cap a casa de la Raquel.

Quan hi vaig arribar vaig entrar, sense fer soroll, al lavabo de baix per rentar-me i curar-me les ferides. En sortir-ne, vaig veure que ja quasi no quedava ningú a la casa. No me n'havia adonat, però havia estat dues hores fora. Per això estava tan cansada... Em vaig fer un cafè i vaig sortir a fora. Hi havia en Pau i l'Esteve, els dos nois que havia enxampat enrotllant-se al llit de la Raquel, estirats a l'herba i jugant amb el mòbil; i l'Emma fent el mort a la piscina. Cap dels tres es va adonar que havia arribat. Vaig seure a la gandula amb el cafè a la falda i em vaig quedar mig adormida. De cop algú em va fer un espant des de darrere, vaig fer un crit i em vaig tirar el cafè per sobre. Era en Roger, que reia mentre em demanava perdó. No vaig poder dissimular la cara de mala llet. Amb el crit, l'Emma es va incorporar i va sortir de l'aigua per saludar-nos. L'Esteve i en Pau van aixecar un segon la mirada i van seguir amb el seu joc. L'Emma estava tota molla i va estar una bona estona perseguint en Roger per abraçar-lo i mullar-lo. Tots dos corrien, reien i saltaven per sobre d'en Pau i l'Esteve, que no es movien del seu lloc. L'Emma feia uns crits i uns moviments en córrer que no li havia vist fer mai. Al final, el va mullar una mica espolsant-se els cabells davant seu i van parar de córrer.

—I la Raquel? —li va preguntar l'Emma.

—Dormint, no hi ha manera que es desperti!

—La despertem? —em va preguntar ella mentre m'agafava del braç per aixecar-me, donant per suposat que li diria que sí.

Vam entrar a l'habitació de la Raquel i estava amb el mòbil.

—Bon dia, titis! Heu dormit bé?

—Això tu, neni... Què, amb en Roger?

L'Emma es va tirar a sobre de la Raquel i totes dues es van posar a riure. Jo em vaig estirar al llit mentre la Raquel ens explicava com havia anat la nit amb en Roger, que s'ho havien passat molt bé, que havien rigut molt i que el sexe tampoc havia estat espectacular, però ja se sap, el primer cop amb una persona no sempre és l'hòstia i menys si tots dos heu begut.

—Laila, tu què? Vas anar a dormir molt aviat, no?

—Sí, estava cansada i tampoc coneixia gaire gent...

—Nosaltres tampoc els coneixíem ahir al matí! El millor és que pots ser com vulguis amb ells, no saben res del passat, no ho sé, és com començar de zero.

A mi el que m'havia semblat no era que comencessin de zero, sinó que tant l'Emma com la Raquel es convertien en unes altres persones, pendents només d'agradar a un grupet de nois.

—Titi, vols que et deixi roba? Portes la samarreta tacada!

Ja no recordava que en Pep m'havia tirat el cafè per sobre.

—No sé si tens alguna cosa de la meva talla...

—És clar que sí, no diguis tonteries!

—Va, va, jo ho trio. —L'Emma es va aixecar de cop del llit. Es va parar un moment i es va tocar el cap—. Uff, quina ressaca, m'he aixecat massa ràpid.

La Raquel només tenia vestits d'estiu o samarretes súper curtes i arrapades. M'hauria posat un vestit, però no volia que veiessin que tenia una ferida al genoll. No volia que em preguntessin com m'ho havia fet, no els volia dir que m'havia posat a córrer pel carrer perquè estava feta un embolic i no sabia què fer durant l'estiu. Al final vaig agafar-li una samarreta blanca amb un dibuix que vam fer quan érem petites al casalet del Minerva i me la vaig lligar amb un nus al davant.

Ens vàrem quedar una estona més tirades al llit, parlant de la festa i dels plans d'estiu, que bàsicament eren anar a la piscina, tornar algun dia a Llafranc i fer la ruta de les festes majors. En aquell moment vaig pensar que havia fet bé, que realment volia passar l'estiu amb elles. El que havia passat la nit anterior era una anècdota. Allà amb elles, a soles, veia que eren les de sempre i això em tranquil·litzava.

Vam anar tots junts a la platja: l'Esteve, en Pau, en Pep, en Roger, la Raquel, l'Emma i jo. La cala que hi havia més a prop de casa era preciosa, però a l'estiu sempre s'omplia amb moltíssima gent. Aquell dia, però, n'hi havia molta més del normal, tanta que ens va costar trobar un lloc per a tots set. Només d'arribar es van anar a banyar i jo em vaig quedar vigilant les coses. Quan van tornar, vam obrir les olives i les patates que portàvem i vam estar parlant una estona. Bàsicament parlaven ells, explicaven anècdotes de la nit i es feien bromes mentre la Raquel i l'Emma reien. En Roger va començar a fer alguna broma sobre com es va enrotllar amb la Raquel.

Li vaig veure a la cara que a ella no li feia gràcia, ho sabia perfectament, però va riure per no quedar malament davant d'ells, suposo.

Després es van posar a parlar de repetir alguna festa com aquella, que havia estat una passada i bla, bla, bla, i llavors, allà, va ser quan, oficialment, el meu estiu va canviar. La Raquel els va convidar a la piscina de casa seva al poble sempre que volguessin i també a la casa de Llafranc. I és clar, ells tocaven a moltes de les festes majors a què aniríem, així que també ens hi veuríem segur. Quin pal. No és que em caiguin malament; potser en Pep es passa de graciós, en Roger es creu molt intel·ligent i l'Esteve i en Pau parlen tot el dia dels seus jocs o de música, però no són mals tios. El que no m'agrada és com es comporten la Raquel i l'Emma al seu costat. Canvien, i jo em sento extremadament desplaçada. Noto que hi sobro i que, si no puc lligar amb algun d'ells, ja no serveix de res ser allà. Tots els plans d'estiu es van desmuntar de cop. Tot allò que m'havia imaginat fer amb les minerves ho faria també amb els Skanyapobres, i no em venia gens de gust.

Em vaig aixecar sense dir res, em vaig treure la samarreta i els pantalons i vaig entrar corrents a l'aigua perquè ningú em veiés el genoll. Em va picar moltíssim a l'entrar, però m'anava repetint el que sempre em deia la mama: «Si pica, cura.» M'imaginava que, si curava prou ràpid, al sortir ja no es veuria la ferida i no hauria de donar explicacions.

Vaig nedar una estona i de cop em vaig posar a plorar. No podia parar. Havia posat tantes expectatives en aquella nit i en l'estiu amb les noies que em sentia molt decebuda i sola. Crec que en aquell moment va ser quan em vaig adonar que les coses canviarien entre nosaltres. Que aquest estiu ens canviaria a totes, i la temporada següent al Minerva encara més. Totes estudiaríem en llocs diferents i ja no passaríem tant de temps al poble juntes. Faríem nous amics i amigues a la universitat o a l'escola i potser, tal com havia passat aquella nit, ens aniríem oblidant les unes de les altres. Em sentia lluny de les meves amigues, que eren el meu gran suport, i l'única cosa que volia en aquell moment era abraçar en Nil.

Vaig sortir de l'aigua nedant molt ràpidament, nerviosa: ho tenia claríssim. Era el que més volia i ho vaig fer sense poder-ho pensar dues vegades. Vaig enviar un missatge a en Nil:

Amor! Si encara estic convidada, m'encantarà
passar més temps amb tu a Cadaqués.
T'he trobat a faltar aquesta nit. T'estimo 🥰

I així, amb un missatge el dia de Sant Joan, vaig trencar la promesa de no separar-nos pel fet de tenir parella. Però ja no era important. De fet, ningú es va queixar perquè passés tant de temps amb en Nil. Ens vèiem a les festes majors, amb algunes del Minerva, i sempre amb els Skanyapobres. Totes vam trencar alguna promesa durant l'estiu, i això va fer que arribés el dia del correfoc i estiguéssim totes més distanciades que mai.

Odio aquests silencis tensos i més quan tothom està esperant que jo digui alguna cosa. L'Emma i la Raquel em miren malament per haver begut tan ràpidament i la Berta, que no s'ha assabentat de res en tot l'estiu, ens mira sense entendre què ha passat.

Sí, d'acord, he trencat la famosa promesa de no posar els nòvios per davant de les amigues, però a veure, la Raquel i l'Emma també han posat els Skanyapobres per davant nostre i ningú els hi retreu perquè no són els seus nòvios? És clar, elles es fan les regles a la seva mida i encara tindran el morro de dir que ens han convidat sempre als plans que han fet amb ells, no? Doncs només amb això no n'hi ha prou perquè jo potser tinc ganes de passar temps amb les meves amigues a soles, sense un grup de nois a qui han d'impressionar amb cada paraula que diuen. És que n'estic farta; i, a sobre, no m'atreveixo a dir-ho perquè em sento malament per haver passat massa temps amb en Nil, però: no tinc ganes d'anar al correfoc. No, no és que no tingui ganes d'anar-hi, és que no hi vull anar amb ells.

—Ai la Flor ha dit alguna cosa pel grup. No ho havia vist —diu la Berta per trencar el gel. Totes mirem el mòbil.

FLOR: *Holaaaa*
Estoy delante del pabellón!
¿Dónde están? Eoo!
BERTA: *Surto!*

—Vaig a buscar-la —la Berta surt d'una revolada.

Merda. No em vull quedar a soles amb l'Emma i la Raquel.

5

Flor

Holaaaa
Estoy delante del pabellón!
¿Dónde están? Eoo!

Es de noche y quedé con las del equipo por la *Festa Major*. Las veré a todas juntas por primera vez desde que Terrats ganó las elecciones hace dos meses. Como en mi armario solo hay ropa deportiva, ayer puse a lavar, intencionadamente, la única camisa que me pertenece, la estampada, porque había decidido que tenía que arreglarme y darles una buena impresión. Ahora, para el mundo, soy una chica mayor de edad, madura e independiente, que trabaja y vive sola, es decir, una adulta. Tengo que parecerlo. Se podría decir que mi camisa estampada es mi filtro de Instagram particular: quizás así, pensé, quizás al verme con la camisa estampada pensaran que soy diferente, tan diferente que no se daran cuenta de que estoy hecha un desastre. Pero llegué a casa con el tiempo justo de cocinarme un plato de macarrones y, al ir a vestirme para salir, recordé que no había sacado la ropa limpia de la lavadora en todo el día, y, por tanto, mi camisa estampada era un nudo acartonado imposible de deshacer. Me tuve que poner el *jogging* de siempre y, con él, mi disfraz de adulta se desplomó: ahora todos mis miedos, dudas e incertidumbres quedaron al descubierto. ¿Y si ya no tengo nada que ver con mis amigas? Esta pregunta me estuvo consumiendo desde que salí de casa.

El verano para mí está siendo como una gran mancha borrosa y sin forma, atascada en un limbo perpetuo en el que solo espero a que llegue la nueva temporada de *hockey*. Cuando vivía con mamá era ella la que se encargaba de limpiar el patio de casa; pasar la escoba por debajo de las sillas metálicas, quitar las hojas con forma de aguja de los pinos, cuidar de las coloridas flores inesperadas que crecían entre las piedras del suelo. Todo ha desmejorado mucho desde que volvió a Argentina. Las flores ahora son matorrales oscuros, las hojas de los pinos se amontonan en los rincones y el patio está lleno de *sargantanas*. El calor de agosto lo engulle todo. Me pasé el mes trabajando en el restaurante, mientras deslizaba fotos de las vacaciones de las chicas en la pantalla del móvil. Emma y Raquel han ido de playa en playa, ahora foto de fiesta, ahora foto tomando el sol, disfrutando el momento y despreocupadas de su futuro.

Parece que conocieron a un grupo de chicos del que no se despegan. Berta empezó a sacarse el carnet de conducir y evidentemente colgó una foto estudiando, en la que puso: «Nous començaments». Laila está más enamorada que nunca de Nil; pensaba que era el tipo de persona que no colgaba fotos con su pareja, pero me equivocaba. Lorena está viajando por todo el mundo porque quiere entenderse a sí misma. A mí me da miedo. Pensaba que vivir aquí, sola, sería mi «nou començament», pero todas mis amigas están viviendo sus vidas, pensando lo que quieren hacer y lo que no, conociéndose. Ni siquiera Gina, que también trabajó todo el verano de socorrista en la piscina, podría entenderme, porque ella siempre tuvo claro quién es. En cambio, la única cosa que yo tengo clara de mí misma es que tengo que pagar el alquiler.

El restaurante en el que trabajo se ve desde la entrada de la carretera del pueblo, paredes grises y un salón repleto de mesas redondas con manteles blancos y sillas de madera. Es un lugar que parece arrancado de otra época y arrojado aquí; me obligan a hacer aquello de utilizar las servilletas de tela como decoración, doblándolas en forma de pirámide delante de los platos. A pesar de su demacrada apariencia, cada día está lleno de gente. El secreto del restaurante es el cocinero, Emilio, que es exactamente igual a cómo imaginarías que es un cocinero: redondo como una pelota y con el bigote repleto de canas. Le llaman el «rey del cabrito» por su plato estrella, el cabrito al ajillo, aunque también se le dan muy bien los arroces. Es mi jefe y un hombre generalmente amable, pero, como su restaurante, algo anticuado, porque tiene muy mal genio y nos regaña a gritos, a veces incluso a los clientes. Como en verano tienen mucho trabajo, me han contratado de camarera. Mi vida ahora consiste en ir a trabajar, llegar tarde a casa, hablar con mi mamá por teléfono, dormir, levantarme, desayunar, ponerme a jugar a la consola hasta que vuelve a ser la hora de ir al restaurante. Una vez leí una frase que decía: «Hay una razón por la que se le llama consola, y es que consuela», y no podría estar más de acuerdo. La verdad es que es muy fácil dejar de pensar en aquello que te preocupa cuando te ves envuelta en la odisea de navegar por la antigua Grecia mientras sientes la adrenalina del sigilo, la estrategia para que tus enemigos no te vean y puedas capturar el tesoro escondido, victoriosa. Cuando consigo superar un desafío en un videojuego, me siento bien. Estos pequeños desafíos y logros no afectan al mundo real, por lo que al jugar con videojuegos siento la libertad de cometer errores y asumir riesgos. ¿Los paisajes que tengo que recorrer siempre tuvieron este aspecto, tan espléndidos y verdaderos? ¿O es que quizás las cosas están cambiando para mí, y transformé un cúmulo de píxeles en el decorado de una vida distinta?

Me apoyo en la gastada barandilla granate de fuera de la pista de *hockey* y pienso en cómo están pasando las vacaciones las minervas. Me parece que vivo en una realidad paralela. Todas tienen grandes planes de futuro, un camino en la vida por el que se aventuran sin dudar. Medicina, dibujar, componer música, ir al extranjero. Ellas hablan y parecen seguras, brillantes, completas. Cuando me preguntan por mi futuro, la lengua se arrastra por mi paladar mientras intento buscar una réplica, mis frases no tienen la certeza que tienen las suyas. No tengo respuestas. No quiero pensarlas. ¿Soy la única que está tan perdida?

—Flor!

Doy un sobresalto. Sé que es Berta antes de darme la vuelta. Aparece corriendo por la entrada del pabellón y me da un abrazo, de los que da ella: intensos y largos. Intento correspondérselo con las mismas ganas, aunque tengo que esforzarme un poco, porque me agarró desprevenida.

— Tia, ho sento! No hem vist el teu missatge fins ara!

—No hacía falta que salieras —digo—. ¿La fiesta no es en el vestuario?

—Sí, però ja em va bé haver sortit per prendre l'aire... L'ambient està un pèl caldejat a dins.

La miro sorprendida, pero ella no pone muy buena cara, así que no insisto en que me cuente más. Sigo el pelo castaño de Berta hasta un lado del pabellón y me fijo en que anda serpenteante por el asfalto. Estuvo bebiendo. El suelo es irregular, y ya no nos iluminan las farolas de la calle. Llegamos delante de una valla metálica que hay alrededor del pabellón. Nunca pasé por aquí antes. Miro a mi capitana, sorprendida. ¿De verdad tenemos que saltar esto? Ella solo se encoge de hombros, como si no fuese tan alto. Agarro la valla con una de mis manos dispuesta a trepar.

—Què fas? —suelta Berta. La miro confundida, pensaba que teníamos que entrar en el pabellón. Entonces distingo que sujeta una llave entre sus dedos—. He deixat obert per aquí. —Se ríe—. Som-hi!

Estamos dentro del pabellón, está mucho más oscuro que fuera y tengo que parpadear para acostumbrarme a ver. Entramos por una puerta que da a la pista, vamos a tener que cruzarla para llegar a los vestuarios. En algún sitio, no muy lejano, oigo risas y música. Miro a Berta, cómplices.

—Las nenitas —le digo, y nos reímos.

Nos ponemos a caminar otra vez, una al lado de la otra. Berta viste un traje de tirantes finos de color azul marino que le llega por encima de las rodillas. Es de ese tipo de personas que pueden llevar algo sencillo y convertirlo en algo fino. Cuando la miro veo a una chica dulce y amable, no parece haber ninguna diferencia entre la vida que vive y la manera que tiene de pensar en esa vida, como sí que noto en mí. Me fijo en que se peinó el flequillo hacia un costado para tapar un grano en el que se le hizo costra de tanto apretar. Pienso en mi camisa estampada. Supongo que todas hacemos cosas para aparentar.

—Es fa estrany veure-ho buit, oi? —Berta se para en medio de la pista para que yo me detenga a observarlo todo con atención. Me cuesta reconocer un espacio que estoy acostumbrada a ver de otra manera, con ruido, jugando a *hockey*. Sin la vida que normalmente tiene, el pabellón llega a tener incluso un aire fantasmagórico.

—Bueno, no es muy distinto a cuando jugamos. No es que tengamos muchos seguidores, precisamente —me burlo, y Berta me mira indignada—. Pero me muero por volver a patinar, ¿eh? —confieso.

—I jo. La veritat és que tenia moltes ganes d'estar totes juntes, com sempre. Què tal l'estiu?

—Pues... —No quiero contar mis miserias trabajando y parecer más pringada todavía—. Extraño a mi mamá.

Lo cual es verdad, y es lo mismo que decir que estoy absolutamente perdida. Supongo que todo el mundo tiene un centro, una brújula, un lugar donde volver si nada sale bien. Es una putada que el mío esté en Buenos Aires. Pienso en la vida que dejé para quedarme acá y me asalta la duda: ¿hice bien? Todas mis amigas parecen tener metas que cumplir menos yo.

—No tengo muy claro por qué me quedé. A veces pienso que fuí demasiado egoísta... —Los pensamientos se me escapan en voz alta, pero antes de poder rectificar, Berta me mira comprensiva.

—Crec que sé el que vols dir.

Con ella siempre me siento cómoda. Su mirada se centra en mí, prestándome completa atención. Es una líder por naturaleza: no controla nuestra atención de cerca, no hurga para que le confirmemos sus sospechas. Siento un poco de lástima por mí misma por lo rápido que empezaé a confesar mis miedos, supongo que estaba realmente desesperada por poder compartirlo con alguien.

—La meva mare i jo no tenim una relació com la que m'agradaria que tinguéssim, i segurament no la tindrem mai. S'obsessiona amb coses que soc incapaç de comprendre. Hi ha moments en què es pensa que tothom està en contra seva, no confia en ningú. A vegades ni tan sols en mi. Fa temps, això em feia ràbia —dice Berta con un hilo de voz, culpable.

La única vez que he visto a Olga, la mamá de Berta, fue en la fiesta de final de temporada del club. Tiene esquizofrenia. Sé que es una enfermedad mental que hace que quien la padece tenga dificultades para diferenciar lo que es real de lo que no, y por eso se puede volver muy paranoica. A mí me pareció una mujer de lo más normal, quizás estaba un poco fuera de onda a veces... Pero pensé que tenía que ver más con haber pasado mucho tiempo fuera del pueblo que con su enfermedad. Olga acaba de salir de un centro donde estaba internada y este verano vuelven a convivir juntas.

—No he crescut amb ella a casa —continúa relatando—. I mai havia vist de tant a prop com li afecten les veus que sent al cap i que l'ataquen. I la ràbia passa a ser admiració, perquè, tot i estar malament, sempre s'ha preocupat perquè no em faltés res i m'ha cuidat, encara que no podia fer-ho com ella voldria.

Me esfuerzo por ser discreta y tener la cara inexpresiva, pero me impresiona escucharla. Berta siempre parece tener la palabra exacta para salir de cualquier obstáculo y por eso se me antoja como una especie de ser absoluto, con todas las respuestas posibles a preguntas que ni siquiera me había hecho. Probablemente es por eso que es fácil confiar en ella: es la roca que te protege en medio de la tormenta. Ahora advierto que en el fondo hay cosas que le asustan tanto o más que a mí.

—Només volia fer-te entendre que estic segura que la teva mare et comprèn. —Me mira, y sé que está un poco nerviosa porque empieza a morderse las uñas. Ah, la Berta dura de siempre—. No cal que sàpigues encara per què has decidit quedar-te, l'important és que ets aquí i ja està. Ens diuen que a la nostra edat ho hem de tenir tot resolt, però... Si et fixes en els adults, estan tan perduts com nosaltres. —Suspira y levanta las cejas, contundente.

—Así que lo de saber qué hacer con mi vida va para largo —contesto derrotada.

—De moment, treballar, no? Ja ho aniràs descobrint. Tens tota una vida —dice, divertida. No puedo evitar soltar una carcajada.

—Da un poco de miedo.

—Sí.

Por un momento nos quedamos ahí, todavía sentadas, dos siluetas inmersas en la oscuridad solitaria.

La noche es cálida y la celebración que hemos montado a escondidas en el vestuario empezó temprano. Cuando llegué las chicas me recibieron ofreciéndome un vaso blanco de plástico con una mezcla de limonada y ginebra de la más barata. La luz amarilla de los fluorescentes hace que el espacio se vea todavía más pequeño. Pusieron algunas banderolas en las paredes y hay bolsos y riñoneras en los colgadores, para tenerlos bien situados. Emma trajo un altavoz que tiene bastante potencia.

—On viuries? Tres opcions. —Estamos todas sentadas en círculo en medio del vestuario, las botellas con mezcla de alcohol cada vez más vacías. Raquel, que lleva una corona de flores que se le cae de vez en cuando, mira decidida a Laila con el birome en la mano.

—A Marràqueix, a París o... a Cadaqués —contesta Laila, y sus mejillas se vuelven grandes y rojas.

—Mira-la, a Cadaqués! —Emma le da un codazo a su amiga, bromista—. És clar, tot l'estiu vivint com una reina a la mansió d'en Nil...

—Vivint com una reina i follant pels descosits! A mi també se'm passaria pel cap viure allà —corrige Raquel, y todas nos reímos.

—Va, calleu i juguem. —Laila parece más agotada que de costumbre de los comentarios jocosos que le lanzan sus amigas, pero sigue igual de pacífica.

—Molt bé —continúa Raquel—. Només falten tres noms: amb qui tindries fills?

—Cal que tingui fills? —razona Laila.

—No et veus tenint fills? —pregunta Berta dando un trago a su bebida.

—Vosaltres sí?

—És igual, és el joc.

La pregunta queda suspendida en el aire. Estamos jugando a adivinar nuestro futuro contestando a cuatro variables muy concretas: cuánto dinero tendrías, dónde vivirías, con quién te casarías y con quién tendrías hijos. La verdad es que parece que el futuro se reduce a cuestiones muy limitadas, casi de otra época, como si fuese una sucesión de certezas que han puesto delante nuestro, y nosotras solo tenemos que movernos de casilla en casilla y vernos crecer. Sin embargo, todas están dando respuestas deslumbrantes que imaginan una vida de éxito: vivir en París, Nueva York, Australia... Menudos planes de futuro.

—Ja ho tinc! —Raquel me devuelve a la realidad, las paredes blancas del vestuario y las luces de colores de la pequeña bola de discoteca que nos ilumina—. Laila: seràs milionària, viuràs a Cadaqués, et casaràs amb en Noah Centineo i tindràs fills amb en Nil!

—*Joder*, vida perfecta —se sorprende Emma.

Todas brindamos con nuestros vasos de plástico.

—Vinga Flor, et toca! —Los grandes ojos de Raquel me miran con curiosidad, yo bebo un trago largo de ginebra—. Amb qui et casaries?

—Tres opcions —me recuerda Berta.

—Billie Eilish, Kristen Stewart y Zendaya —recito. Me las he preparado desde el principio del juego, para que no me agarraran desprevenida.

—Tot famoses no s'hi val, posem-hi algú que coneguem de veritat! —se queja Emma, parando a Raquel.

—Uf, ¡yo qué sé!

—Canvia la Zendaya per la Lore, va —dice Berta, divertida.

—¡Solo somos amigas!

—És igual, Flor, si només és per fer-ho una mica més interessant. —Emma me guiña un ojo, y yo pongo los ojos en blanco.

Exacto, mi vida no es muy interesante, no hace falta que me lo recuerden haciéndome pensar en el poco éxito que tengo entre las chicas que conozco. En realidad, a mí también se me pasó por la cabeza mencionar a Lorena. Nos dimos aquel beso en casa de su padre... No me gusta, solo la extraño más de lo que imaginaba, porque ella es la única que me comprende antes de decirle nada. Tenemos una telepatía que no había tenido con nadie hasta ahora, ni siquiera con Valentina, mi exnovia, quien yo creía que era para siempre. Chateamos por móvil todas las semanas. Me manda fotos de los sitios que visita y yo hago lo mismo, aunque hay pocas cosas comparables a la enigmática ciudad de Cuzco. Pero, como tengo que madrugar todos los días, le envío fotos de los tonos rojos del amanecer, que no tienen nada que envidiarle a sus paisajes. Me tranquiliza hablar con ella, a pesar de la distancia, porque puedo contarle todos mis dramas en el trabajo y sé que no me va a juzgar. Un día estaba muy nerviosa porque al día siguiente teníamos el banquete de un casamiento en el restaurante donde trabajo, y el jefe nos había puesto mucha presión: se ve que antes su restaurante era el típico al que todas las familias del pueblo venían para celebrar bautismos o casamientos pero, como ahora el local quedó un poco anticuado, pasó de moda. Por lo tanto esta boda tenía que salir perfecta, era su oportunidad para demostrar que su restaurante sigue siendo un lugar adecuado para celebrar este tipo de eventos. Para mí, era mi segunda semana trabajando en el restaurante y solo sufría por si no lo hacía lo suficientemente bien y me echaban.

Trabajar de cara al público es difícil porque con el tiempo me he dado cuenta de que es muy importante que los clientes piensen que estás encantado de servirles, que estás agradecida porque hayan decidido pasar por tu lugar de trabajo. Y si sos una persona que, como yo, tiene la increíble capacidad de caer mal a la gente con solo ser yo misma, es lo peor, porque les da la sensación de que les atendió una antipática y no quieren volver. Solo porque no me sale de manera espontánea sonreír todo el tiempo o tener conversación con los clientes. Así que, cuando le planteé todas mis inseguridades laborales a Lorena, ella, con la pachorra que la caracteriza, solamente soltó una carcajada y pronunció las palabras por las que me he regido este verano:

—Doncs no siguis tu mateixa.

Envidio su capacidad de convertir un problema en una solución.

Las miro a todas, sonrientes y borrachas, sentadas a mi alrededor. Lucen seguras de ellas mismas y yo intento seguir el consejo de Lorena, no ser yo misma, pero me siento un fraude. No tengo nada que ver con ellas, tienen vidas interesantes y yo estoy sola en esto de saber de qué va la vida. Solo quiero que volvamos a calzarnos los patines y bailemos al son de nuestros *sticks*. Cuando jugamos a *hockey* todas vamos a una, somos un equipo y sé que tengo un objetivo: ganar. Ojalá la vida se pareciera un poco más a un partido de *hockey*.

—Seràs pobre, viuràs a Buenos Aires, et casaràs amb la Lorena i tindràs fills amb la Terrats. —Raquel ya ha hecho sus cálculos a partir de mis respuestas. Genial, ni siquiera un juego me augura un futuro divertido. Las chicas ríen, pero yo me estoy cansando.

—¿Por qué no vamos al correfoc? Son las once, si salimos ahora llegaremos a tiempo para verlo empezar.

Cuando hago esta sugerencia no soy consciente del terremoto que se avecina. Percibo que Raquel y Emma se miran, muy cómplices, como si escondieran un secreto. Laila se cruza de brazos. Hay tensión. ¿Será este el ambiente caldeado al que se refería Berta?

—No hi anem mai perquè a mi em fa por. —Berta parece no haberse dado cuenta y sonríe tranquila, como quien explica un cuento—. Sabies que una vegada a un noi li van explotar els dits?

—Va passar fa mil anys —sigue Raquel, mirando el suelo. Berta niega con la cabeza, convencida—. I, a més, la Flor no ho ha vist mai, això del correfoc. Segur que li fa gràcia, oi?

Siento que se ha formado una pelota entorno a esta discusión y que Raquel me la acaba de pasar a mí.

—Lo decía por hacer algo diferente.

—Podem canviar de joc, si voleu, però jo estic bé aquí —ahora habla Laila. Berta la mira, aprobando.

—Tia, saps que ens hem compromès —le reprocha de pronto Emma.

—Us *heu* compromès —masculla Laila, y mira seria a Emma y a Raquel—. Amb mi, com sempre, no heu comptat per a res.

—De què esteu parlant? —Berta por fin hace la pregunta que no dejaba de pasarme por la cabeza.

—Havíem quedat que ho diries tu —reclama Emma a Raquel, y ella suspira, como un héroe griego que sabe que finalmente ha llegado el momento de enfrentarse a su destino.

—Havíem pensat que podríem anar totes juntes al correfoc. —Raquel habla como si lo compartiera con todas, pero en realidad solo mira a los ojos a Berta.

—Mentida. —Laila se adelanta y no nos da tiempo a replicar—. Us importa un rave a totes anar-hi, només voleu estar amb els Skanyapobres. Tot l'estiu igual!

—Laila, no comencem— se queja Emma.

—No comenceu vosaltres! Sou incapaces d'estar només amb les vostres amigues, sempre que he quedat amb vosaltres m'heu col·locat els penjats dels Skanyapobres!

—I tu ets incapaç de separar-te del teu nòvio! —suelta Emma.

—De què vas? Calma't, que és el teu cosí! —le responde Laila con cara de asco.

—Ja ho sé, has passat de tot aquest estiu només per veure'l —replica Emma, pero antes de que Laila responda, Berta se coloca entre las dos intentando poner paz.

—A veure, a veure... —Berta mira a Raquel con seriedad. —Heu tornat a quedar amb aquells?

Raquel asiente con la cabeza, como si no se atreviera a decir nada.

—*Joder*, per un dia que ens veiem... Ja podríeu fer l'esforç, no? — Berta parece derrotada.

—T'hem dit moltes vegades de quedar amb nosaltres i tu tampoc has fet mai l'esforç de buscar el temps —contesta Raquel.

—Oh, perdoneu si no podeu entendre que vulgui estar per la meva mare! La situació a casa no és fàcil, però què n'heu de saber, si vosaltres no teniu problemes de veritat.

Siento la tensión que se acumula entre nosotras en todos mis nervios. Lo que yo pensaba que era casi una cándida fiesta de pijamas se ha convertido en un remolino de reproches. Por contexto, entiendo que los Skanyapobres son el grupo de músicos con los que Raquel, Emma y Laila no han parado de salir de fiesta este verano. Bueno, lo de Laila lo pongo en duda. De pronto me doy cuenta de que el aspecto idílico que irradiaban desde que las he visto es un espejismo. Laila está más enojada que nunca, no deja de repetir «me la pela el correfoc!». Parece que está harta de encontrárselos cada vez que queda con sus amigas, y decidió que esta noche no va a ceder. Mientras tanto, Raquel y Emma intentan convencerme de que ir al correfoc será el broche de oro a esta mágica noche de verano, pero Berta las detiene diciendo que tiene muy claro que la noche es nuestra, no de los chicos, y mucho menos del centelleante fuego del correfoc que tanto la asusta. Raquel se remueve sentada en el suelo y se decide a hablar, esta vez con un tono más conciliador.

—No s'hi val que ens tiris això per la cara, Berta. Jo no sabia que estava sent tant complicat amb la teva mare.

—Jo tampoc ho sabia. Mai ens fas partícips de tot això — declara Laila.

—Es que és problema meu — resuelve Berta.

—I llavors, què vols, que et llegim el pensament? —exclama Emma. Berta pone una mueca de culpabilidad, pero no dice nada.

—Som amigues, no cal que sempre ens facis de capitana. A vegades t'has de deixar ajudar — le dice Raquel.

—No pretenc que endevineu res, només que entengueu que avui em feia il·lusió que estiguéssim juntes.

Yo me las miro a todas atónita, esperando a que los reproches vuelvan a saltar por los aires y comprendiendo que las apariencias engañan y que estas chicas están igual de perdidas que yo, que las fotos en Instagram no enseñan la verdad de las vidas de la gente, cuando nos interrumpe el *tintín*, *tintín* que hace el móvil cuando recibe un mensaje, como una campanilla digital. Me está llamando Lorena. Como siempre, ella aparece justo en el momento adecuado.

6

Lorena

—¡Chao, linda! ¡Suerte en la vida! —em diu amb els ulls adormits, però amb un somriure d'orella a orella, des de darrere del mostrador.

—Gracias, que siga todo bien. Prometo volver a visitaros. —Li deixo les claus de l'habitació sobre el mostrador.

—¡No le prometas cosas al pasado, que luego te cagan el futuro! —diu mentre recull les claus i les deixa al seu lloc.

—Me da mucha pena irme.

—Dale, dale, a seguir con el viaje, mi niña, que tenés cosas importantes que hacer. —En Juanito assenyala la meva foto al suro de persones que han treballat al seu hostal—. Aquí estarás siempre con nosotros.

—Muchas gracias por todo, Juanito... ¿Le das un beso de mi parte a Liliana? Que no me despedí de ella anoche.

—Claro que sí, Lorenita, linda. —En Juanito surt de darrere del mostrador per obrir-me la porta d'entrada. Són les sis del matí i encara no ha obert l'hostal—. No te demores más, que te espera la combi fuera.

—Chao, pata, te quiero mucho. —M'he llençat a ferli una abraçada, noto que és molt més llarga del que ell esperava, però aguanta i sé que ho fa per mi.

—Sigue usando las palabritas peruanas hasta que te enamores de otras gentes y países y uses las suyas, ¿sí?

El clàxon del conductor del minibús em mana la pressa, em separo d'en Juanito i em miro per últim cop en els seus ulls plens d'històries. Ell i la Liliana s'han convertit en la meva família des que soc a Cusco. No vull marxar. Torna a sonar el clàxon, surto disparada cap al minibús; si no hi vaig, acabarà despertant tot el carrer.

—Chao, mi niña querida. —Em giro sorpresa, la Liliana és a la finestra de la seva habitació, suposo que s'ha despertat amb el soroll del clàxon—. Que Dios la bendiga a usted y a su familia.

—Chao, Lilianita, la voy a extrañar mucho.

—Y yo a vos, mi Lorenita. Mucha suerte en Machu Picchu, le deseo la más linda despedida de su papá.

Des del minibús els faig adeu amb la mà. En Juanito aixeca el braç mentre la Liliana, des de la finestra, s'eixuga les llàgrimes amb la bata de dormir. No m'imaginava que em costaria tant marxar d'aquí. Cusco m'ha atrapat igual que a la majoria de la gent que la visita. Hi ha qui assegura que és per la gran càrrega espiritual dels inques, altres diuen que és per la seva altitud. A mi crec que el que em va atrapar va ser la seva gent.

Em quedo mig adormida. Quan em desperto, el minibús ja és ple de gent i recordo el meu somni. És el mateix que vaig tenir el primer dia que vaig arribar a Cusco. Aquell dia me'l vaig passar tot al llit. Estava marejada i molt cansada. La Liliana em va dir que era mal d'altura, que el meu cos necessitava aclimatar-se, i em va estar portant mates de coca i explicant històries de la mitologia inca. De totes les que em va explicar, només recordo la del somni.

—Cusco, mi niña, es un lugar mágico, y ya los incas lo sabían, por eso le pusieron este nombre y la hicieron capital del imperio. En Cusco se juntan los tres puntos más importantes del universo. El Uku Pacha o mundo de abajo, el Kay Pacha o mundo visible y el Hanan Pacha o mundo superior. De ese modo, mi niña, estamos en el ombligo del mundo. Así que no tengas prisa en aclimatarte, que si llegaste hasta aquí es para algo importante...

Va ser en aquell moment que em vaig adormir, i vaig començar a somiar que corria desesperada per la panxa d'un home, escapava d'alguna cosa que no veia, però que em feia molta por. Fins que, de cop, queia dins el seu melic i, per més que intentava sortir cap a la superfície de nou, anava baixant sense parar, en un abisme on tot era foscor. Em vaig despertar d'aquell somni suada igual que avui. Ja sortim de Cusco, sort que m'he despertat per poder veure la ciutat per última vegada. No m'hauria perdonat no acomiadar-me'n.

Em poso els cascos i busco al mòbil la llista de cançons del viatge. Hi tinc música de tot el món. He anat demanant a tothom que he conegut que em descarreguin la seva cançó preferida. Així, quan l'escolto, em transporto als records amb aquella persona. Busco la cançó que em va ensenyar la Cora el primer cop que vaig pujar al mirador de San Blas. Vull guardar en la memòria el primer cop que vaig contemplar la ciutat des d'aquell punt, que s'ha convertit, amb el temps, en el meu lloc preferit de Cusco i on porto tothom en la seva primera visita a la ciutat. La cançó de la Cora és en alemany i no n'entenc ni una paraula, però m'agrada el ritme que té. És tranquil·la, però èpica, una mica com ella. Va ser la primera persona que vaig conèixer, a part de la Liliana i en Juanito, és clar, i, tot i que ens costava entendre'ns perquè el meu anglès era, i és, molt justet, em va donar molt bons consells per gaudir de Cusco. Ella feia un any que viatjava per l'Amèrica del Sud i tres mesos que era a Cusco. Quan jo hi vaig arribar, la Cora estava a punt de marxar-ne. La seva mare s'havia posat malalta i tornava a Alemanya per cuidar-la. El dia que m'ho va explicar, es va posar a plorar i jo li vaig dir que feia bé, que era important ser al costat de la família en moments durs i que ella era una dona valenta i sabria tirar endavant amb tot. Li hauria volgut dir que feia quatre mesos que el meu pare s'havia mort, que encara no tenia clar si una mort així se superava mai, que era el pitjor que m'havia passat a la vida i que em penedeixo de no haver-li dit cada dia al papa que l'estimava. Però no l'hi vaig dir. La Cora va marxar de Cusco i tot el que va quedar d'ella va ser una foto al suro de treballadors de l'hostal i una cançó en alemany al mirador de San Blas.

Ens hem allunyat tant de Cusco que ja no reconec el paisatge. Al minibús la gent comença a interactuar, a presentar-se, a formar grups, i jo no en tinc ganes. Encara no. Crec que necessito una mica més de temps per ordenar tots els records que tinc de Cusco abans de començar a crear-ne de nous. Tanco els ulls per intentar descansar una estona més. Ja tindré temps de conèixer tothom, ens queden sis hores de bus, no cal córrer.

Em desperta una noia i, amb un anglès macarrònic, em diu alguna cosa, però només entenc *eat*. Ens hem parat per dinar en un poble petitíssim, on, a part de quatre cases, hi ha una botiga de queviures i un petit restaurant de tipus bufet lliure. M'assec a la taula amb el conductor del minibús, en Gustavo. Em diu que treballa cada dia de la setmana anant i tornant de Cusco a la Hidroelèctrica i que només para dues vegades durant les dotze hores de conducció: ara, per dinar amb tot el grup, i un cop és a la Hidroelèctrica, l'estona que surt tothom del minibús i entren els passatgers següents per anar cap a Cusco. La tornada de la Hidroelèctrica a Cusco la fa sense parar durant les sis hores. No em puc creure que sigui legal que algú condueixi tantes hores seguides, però no l'hi dic perquè no vull que senti que el poso en dubte. En els últims mesos, he après a no utilitzar el baròmetre de la meva normalitat per entendre els altres. I, tot i que mentalment encara ho comparo, intento no verbalitzar-ho. No ho sé, no em sembla just. Així que callo i l'escolto mentre em parla de la seva família, dels seus dos fills, i m'ensenya fotos d'una casa que s'estan construint des de fa uns mesos gràcies a la seva feina de conductor. Treballant durant un any, podrà tenir la seva pròpia casa i no haurà de viure a casa dels pares de la seva dona ni compartir llit amb els seus fills.

Tornem a la carretera i en Gustavo m'avisa que ens queden només dues hores de trajecte i que la carretera és complicada, però que no hem de patir, ell hi passa cada dia dues vegades i ho té controladíssim. Sense preocupar-me massa, em torno a asseure al meu lloc del minibús. No portem ni mitja hora conduint i parem de cop. En Gustavo baixa, preocupat, mira per sota el minibús i aixeca el capó. Torna a entrar, intenta arrencar, però no pot. No ens diu res. Tothom comença a murmurejar. En Gustavo baixa de la furgoneta i parla per telèfon. Penja i s'està una estona més a fora mirant el mòbil. Torna a trucar. Penja de nou. S'acosta al minibús, obre la porta del darrere i ens informa que hi ha hagut un problema i que haurem d'esperar que arribi el mecànic del poble on hem dinat. Al cap de mitja hora, arriba el mecànic, que és el mateix senyor que ens havia servit el dinar i que venia els queviures. En Gustavo i ell es posen a remenar per tot arreu. Fan diverses proves i el minibús no arrenca, fins que, al cap de vint minuts de remenar-lo, el motor respon. Els que havien sortit del minibús tornen a entrar-hi i seguim, quasi una hora més tard.

De seguida, m'adono que som a la carretera complicada que m'ha avançat en Gustavo. Més que una carretera, és un camí estret, de dues direccions, en un precipici enorme. Tinc la sensació que anem a més de vuitanta quilòmetres per hora. I potser hi anem. En Gustavo no havia conduit tan ràpid en tota l'estona. Em començo a sentir una mica marejada. Respiro. Em trec el jersei per no tenir calor.

Deixo de mirar per la finestra perquè encara em marejo més. Cada cop que ens creuem amb un altre minibús en direcció contrària, ens acostem tant al precipici que no veig el marge del camí. Suposo que dec sentir vertigen. No n'he tingut mai, però m'imagino que deu ser això. En un dels revolts, cau tot el que tenim als compartiments de sobre els seients. La meva motxilla surt disparada fins a davant de tot i es mou d'un costat a l'altre bruscament, igual que el minibús. Aixecant una mica la veu, demano a en Gustavo que no corri tant.

—No podemos demorarnos más. Estamos llegando una hora tarde y, si les anochece en el camino, no podrán llegar andando a Aguas Calientes.

Pateixo per la meva motxilla. Intento aixecar-me per agafar-la i posar-me-la a la falda, però no puc. Anem massa ràpid. La noia que m'ha despertat a l'hora de dinar es posa a resar en veu baixa. No m'ajuda. La motxilla va donant cops als seients a banda i banda del passadís. Pateixo per si la petita urna de ceràmica que hi porto dins es trenca. De sobte, la caixa d'eines que han estat utilitzant fa una estona per arreglar el minibús cau a sobre de la meva motxilla. Un cop sec. Em quedo sense aire. Uns segons. Clavo la mirada a la caixa que xafa la motxilla, l'urna i el poquet que em queda d'ell. Noto un espasme. El meu cos reacciona. Respiro. Ploraria, però no puc. Entro en pànic pensant que es pot haver trencat. Que el grapadet de cendres que vaig agafar del papa abans d'acomiadar-nos d'ell al mirador pot estar escampat per la motxilla. Res té sentit. Si ja no puc escampar el que em queda de les seves cendres pel Machu Picchu, què hi faig aquí? Ja no estic marejada, no veig el precipici ni sento la gent queixant-se, ja no noto la velocitat, només em pregunto una vegada i una altra quin és el sentit de tot plegat ara.

Arribem a la Hidroelèctrica. M'aixeco la primera. Agafo la motxilla i baixo corrents del minibús. M'aparto una mica de la gent. Obro la motxilla. Regiro la roba. Trec el necesser i la veig. Intacta. Sense ni una esquerda. Ha aguantat. És clar. Què m'esperava? El papa ha aguantat i tot torna a tenir sentit.

Noto el mareig de nou. El dinar em puja per l'esòfag i vomito. La noia que resava m'allarga una cantimplora. Glopejo per treure'm el mal gust i li dono les gràcies. Es presenta. Es diu Chiara i és italiana. Porta dues setmanes al Perú. Em diu alguna cosa més, però em costa molt entendre-la en anglès. Li demano que em parli en italià, potser així l'entendré millor. Em pregunta quant fa que viatjo i li explico que fa dos mesos que vaig arribar a Cusco. Que he estat treballant en un hostal tot aquest temps. No soc gaire simpàtica amb ella. En un altre moment li hauria fet més preguntes, però no en tinc ganes. En Gustavo ens diu que hem de començar a caminar fins a Aguas Calientes.

—Verán, al principio del camino, unos cartelitos donde pone Aguas Calientes. Los siguen hasta que lleguen a las vías del tren. Una vez allí, siguen la vía hasta el final, donde van a encontrar otro cartel que les indicará por dónde subir al pueblo de Aguas Calientes. No se demoren en el camino, ¿sí? —En Gustavo mira l'hora al mòbil—. Son las tres. Suelen demorarse entre dos y tres horas. A las cinco empieza a anochecer, así que anden rápido, no quieren que les pille la noche.

Tanco la motxilla i me la poso a l'esquena. M'acosto a en Gustavo per dir-li adeu i li desitjo sort amb la tornada a Cusco. M'agradaria dir-li que ho he passat molt malament, però no val la pena. Demà portarà un altre grup de turistes a qui explicarà la seva vida i correrà pels revolts sense miraments. Deixo la Chiara una mica enrere, em ve de gust caminar sola. Em poso els cascos per escoltar música i segueixo les indicacions fins a arribar a les vies del tren. Algú m'estira de la motxilla. Em giro estranyada i veig que és un nen petit. Em trec els cascos.

—Señorita, señorita. ¡No puede escuchar música!

—¿Ah, no? ¿Y cómo es eso? —li dic, burleta.

—Si pasa el tren y no lo oye, la va a matar.

Em ve un calfred. No sé què respondre. Té raó. Per les vies passa el tren que porta la gent de la Hidroelèctrica a Aguas Calientes. És un trajecte de mitja hora i per a turistes, val més de vuitanta euros. Per això molta gent fa el camí a peu.

—Tenemos heladitos, empanadas y bebidas frías —em diu assenyalant-me una petita barraca on hi ha la seva mare.

Entro cap a dins. Entenc que és el preu que cal pagar per la informació i que aquesta és la seva manera d'aconseguir clients a l'inici del camí. Em compro un gelat. Guardo el mòbil a la motxilla i continuo caminant.

Arribo a les vies del tren i hi camino pel costat. Sento el soroll del riu, però no el veig encara. Feia molt de temps que no caminava sense escoltar música. Em giro per mirar si tinc algú a prop per començar una conversa, però no. Ara em penedeixo de no haver fet l'esforç de conèixer la gent del minibús. No puc parlar amb ningú ni escoltar música. Estic sola amb els meus pensaments.

Noto una picada de mosquit. Trec el repel·lent extrafort per a climes tropicals i em ruixo tot el cos. No suporto l'olor que fa, però hi ha alerta de febre groga i, tot i que ja em vaig vacunar abans de marxar, no em vull arriscar. Crec que em van *emparanoiar* una mica amb això de les malalties. Abans de marxar, no em volia vacunar, perquè val una pasta i no hi donava importància. Però un dia, al bar del poble, la Berta em va explicar que hi havia gent que havia mort per la picada d'un mosquit infectat i, és clar, vaig anar al metge de pet. Primer em va preguntar quins països tenia pensat visitar; li vaig dir que no ho sabia, però que començaria pel Perú. Llavors, em va posar dues vacunes, la de la febre groga i una que no recordo, que es veu que no m'havien posat de petita, i em va receptar unes pastilles que m'havia de prendre durant tres dies, per al tifus. Em va donar un llibret amb tot de recomanacions de salut i m'hi va apuntar el seu correu electrònic.

—No ha de passar res, però així tens el meu contacte. Si et passa alguna cosa o tens algun dubte amb els medicaments que et subministren en algun hospital o centre mèdic, m'envies un correu. Ja t'has fet l'assegurança?

—No crec que me la faci, val molts diners, i tampoc sé quant temps seré fora ni la quantitat de països on aniré.

—Hi ha assegurances que no són tan cares i que et cobreixen tot tipus d'imprevistos, ja siguin de salut o robatoris. T'apunto el nom de la que va utilitzar la meva filla, quan va estar pel sud-est asiàtic.

—Moltes gràcies, m'ho pensaré millor, doncs.

Em va posar una mica nerviosa el seu paternalisme, però, en el fons, tenia raó. Em vaig agafar una assegurança de sis mesos. La iaia m'ha avançat els diners i li he promès que els hi tornaria.

Els vorals de la via del tren cada vegada es fan més estrets, fins que arribo a una passera que només és via. No hi ha cap barana. Em paro un moment. Miro a baix. Veig per primer cop el riu. És súper avall. Hauré de fer equilibris per no caure. Començo a passar per les travesses de fusta. Torno a mirar a baix. M'impressiona l'altitud, però no m'espanta. Segueixo fins que torno a ser a terra ferma. El voral de la via continua sent molt estret, així que he de caminar pel mig. Em paro un moment per si sento el tren. Només sento ocells i la força del riu.

Camino per sobre el rail metàl·lic fent equilibris. Em ve al cap, com un flaix, un record. El papa, l'Òscar i jo jugant a la via del tren. El record desapareix. El tinc desdibuixat. Ara trucaria a l'Òscar i li preguntaria si ell se'n recorda. Trec el mòbil i miro l'hora. Aquí són les quatre, per tant, a casa són les deu del matí. Un divendres d'agost al matí. L'Òscar segur que encara dorm. Guardo el mòbil. Si el desperto per això, em mata a la distància. Continuo fent equilibris pel rail metàl·lic i m'esforço per recordar més. Perdo una mica l'equilibri i recordo com el papa m'agafava al vol perquè no caigués. Devia tenir cinc o sis anys. Per què jugàvem a la via? Segueixo caminant. Tanco els ulls amb força intentant visualitzar-me allà, de petita, i poder recordar aquell moment. Accelero el pas. El papa m'agafa en braços i correm pel centre de la via. Em fa l'avió i segueix corrent. L'Òscar ens persegueix cridant que ara li toca a ell. Obro els ulls somrient. Començo a córrer pel centre de la via, cada cop més ràpid, i m'imagino en braços del papa. Volo. Tanco els ulls per intentar recordar més. Ensopego i caic. Crec que m'he tornat a regirar el turmell esquerre. M'incorporo una mica i m'assec a la via. No sé si me l'he regirat, però em fa mal. Ja hi estic acostumada. És el meu punt dèbil. Em trec la sabata, agafo la crema per als cops i la turmellera de la motxilla i m'ho poso. Bec aigua, miro que no s'hagi trencat l'urna. No, tot controlat. M'aixeco i segueixo caminant per la via.

Em fa ràbia no recordar la meva infància amb el papa. Com pot ser que ens oblidem dels moments feliços. No entenc com funcionen els records. Si ara no recordo el que vaig viure fa deu anys, d'aquí a deu anys hauré oblidat el que m'està passant ara? No vull. No. Necessito conservar intactes els records que tinc amb el papa. Però, com? Com puc estar segura que la ment no m'està fent una mala passada? Hauria d'escriure tot el que he viscut amb ell per llegir-ho quan senti que ho estic oblidant? Potser sí. Sí, he de fer-ho. Quan torni del Machu Picchu ho faré. Començaré la llibreta que em van regalar les noies de l'equip abans de marxar i la convertiré en un diari de record del papa.

Espero que no quedi gaire per arribar, em noto cansada, em fa mal el turmell i no deu quedar gaire perquè es faci de nit, i no és que em faci il·lusió quedar-me a les fosques al mig del no-res. Veig un grupet de tres noies de lluny i accelero el pas per parlar amb elles.

Quan atrapo les noies, els pregunto en castellà si saben quant queda fins al poble. Una d'elles, rossa amb ulleres, em contesta de seguida que no ho sap. I li ho pregunta a la seva amiga, alta i morena, que creu, pel que ha vist als vídeos de YouTube, que deuen quedar uns trenta minuts. Els dono les gràcies i els pregunto d'on són i què les ha portat a fer aquest viatge. Em moro de ganes de parlar amb algú.

—Somos de Vigo. Hace algo más de un mes que viajamos. Empezamos en Chile porque Diana —la noia alta i morena assenyala la tercera amiga, rossa amb una cua alta— lleva un año trabajando en Santiago de Chile y vinimos a verla.

—¿Y tú, viajas sola? —em pregunta la Diana.

—Sí, me fui hace dos meses de casa y he estado este tiempo en Cusco.

—Qué guay, tía. Nos encantó Cusco —em diu la noia d'ulleres—. Por cierto, soy Marina.

—Encantada, Lorena.

La noia morena també es presenta, es diu Ana, i també ho fa la Diana.

—¿Dónde irás después del Machu? —em pregunta la Diana.

—Pues no lo tengo muy claro. —L'únic que havia organitzat en aquest viatge és poder ser demà al Machu Picchu—. Iré viendo sobre la marcha.

—Nosotras venimos de Bolivia y es una pasada. Te lo recomiendo un montón —em diu l'Ana.

M'expliquen el seu viatge i com s'han anat organitzant. M'apunto al mòbil algunes companyies d'autobusos que em recomanen i alguns hostals on creuen que podria treballar. Parlem també de casa, de què fèiem cadascuna abans de viatjar i quins són els plans de futur. Són sis anys més grans que jo, cadascuna ha estudiat una carrera diferent i s'estan intentant fer un forat al món laboral. Comparteixo amb elles els meus dubtes del futur, dels estudis, la feina, i totes coincideixen que no he de córrer per escollir què vull estudiar o si vull estudiar. Que elles, tot i que han acabat la carrera, encara no saben què volen fer ni si treballaran tota la vida d'allò que han estudiat. Totes coincidim que la pressió que ens posen cap al futur és exagerada. Que tot pot canviar en qualsevol moment i que res del que decideixis és tan definitiu.

—No hi ha res definitiu, només la mort.

Ho he dit en veu alta i ni me n'he adonat. Estic tan a gust parlant amb elles que m'ha sortit així, sense pensar. Però no fan cap comentari.

—Tendríamos que haber encontrado ya el cartel del càmping —diu l'Ana, preocupada —, de allí a Aguas Calientes aún hay media hora. Llegaremos de noche fijo.

—Mierda, ¿cómo fuimos tan lentas? —La Marina es posa nerviosa.

—Tranquilas —les calma la Diana—. Aún no es de noche. Igual encontramos el cartel en cinco minutos.

Jo no dic res, només les segueixo. M'encanta veure la dinàmica de grup que tenen, com cadascuna exerceix un rol determinat, com es respecten, com es cuiden i s'entenen. Em recorden les de l'equip i penso que també m'agradaria que em vinguessin a veure. Que seria bonic poder compartir alguna part d'aquest viatge amb elles.

Portem una estona caminant en silenci. El sol s'està ponent. Les vistes són precioses i el riu que passa pel costat de la via agafa uns colors màgics. Però ningú diu res. Estem totes una mica tenses. Es fa fosc i encara no hem arribat al cartell. Cadascuna treu la seva llanterna i seguim caminant. Veig que la Marina s'ha agafat a la tira de la motxilla de l'Ana. Té por, però no ho diu. Suposo que no vol posar més tensió de la que ja hi ha.

Quinze minuts després, arribem al cartell del càmping. Ens xoquem la mà contentes. Per fi. Han estat quinze minuts eterns.

—Chicas, yo me despido aquí —els dic—. Duermo en el càmping.

—¿Tienes reserva?

No sé qui em parla, estem a les fosques i no els reconec la veu.

—No...

—Leí en un blog que se tiene que llegar pronto porque se peta de gente enseguida.

—¿Quieres venir con nosotras al hostal? Tenemos una habitación de tres y te podemos colar seguro.

—Muchas gracias, pero miraré si hay sitio en el càmping.

—Lo que tu veas. Te apunto el nombre del hostal donde nos quedamos, y si no hay sitiopara acampar te vienes, ¿vale?

Els dic que sí i faig una abraçada a cadascuna. Ens acomiadem amb la promesa de trobar-nos l'endemà al Machu Picchu. Al cap de deu minuts arribo al càmping. Em diuen que no hi ha lloc, insisteixo, imploro que no tinc cap altre lloc per dormir, però la dona de recepció només repeteix una vegada i una altra: «Estamos completos.» Penso en les tres noies gallegues. Potser hauria d'haver anat amb elles? Insisteixo una vegada més. Li dic que tinc la meva pròpia tenda, que puc dormir en qualsevol racó. Però em torna a repetir que no tenen lloc. M'assec en una cadira que hi ha a la recepció. No sé què fer. Agafo el mòbil i em poso a mirar preus de les habitacions d'hostals a Aguas Calientes. No ho puc pagar. He de trobar una feina que em doni alguns diners. A Cusco he estat treballant a canvi d'allotjament i menjar. No he gastat gaire, però l'entrada al Machu Picchu i el transport per arribar-hi són caríssims.

Entra una noia morena amb els cabells molt arrissats a la recepció del càmping. Fa uns mesos m'hauria fixat en com la samarreta li deixa mitja esquena descoberta que li fa entreveure part d'un tatuatge, però ara no tinc ganes de penjar-me de la primera noia que passa. Diu que té una reserva, a nom de Gabriela. Li demana a la dona de recepció si lloguen també tendes, els pals de la seva s'han trencat i no la pot muntar. No en tenen. «Estan completos.» Se m'escapa una mica el riure. Crec que és dels nervis, però he sentit tants cops aquesta senyora dir aquestes dues paraules que em sembla que es burla de tothom. M'acosto a la Gabriela:

—Hola, me llamo Lorena. Me he quedado sin lugar para dormir, pero tengo una tienda de campaña con sitio para las dos. ¿Quieres que compartamos?

La Gabriela m'analitza amb els seus ulls grossos i marrons. M'adono que té una d'aquelles mirades que et deixen sense respiració i em poso una mica nerviosa. Però no, Lorena, has vingut a fer una cosa important, no toca lligar. Almenys, avui, no. Es queda uns segons callada, pensant, i accepta. La dona de recepció ens acompanya fins a la nostra parcel·la. És força gran i hi ha un petit banc per seure. Ens assenyala on és la zona de la cuina i els lavabos i les dutxes. Muntem la meva tenda. La Gabriela em dona les gràcies i jo les hi dono a ella. Decidim sopar aviat, totes dues pujarem demà al Machu Picchu caminant i ens hem de despertar a les quatre de la matinada. Agafo el menjar que porto a la bossa de tela i ella una motxilla més petita, i anem cap a la cuina. Està força plena, però trobem un raconet en una taula i ens hi asseiem totes dues. Compartim el que portem per sopar. Jo tinc uns fideus instantanis i ella dues empanades de formatge i un alvocat que ha comprat pel camí. Parlem una mica del nostre viatge. És l'inici de totes les meves converses últimament. Li explico que no tinc data de tornada, que aniré fent sobre la marxa. Ella em diu que fa dos anys que viatja. Durant aquest temps, ha tornat un mes a casa seva, pel casament de la seva germana. Li pregunto d'on és i em contesta que és de Girona.

—Perdona? Ets catalana! —li dic, sorpresa—. Portem tota aquesta estona parlant en castellà i totes dues som catalanes!

Ens posem a riure. Portava dos mesos sense parlar en català i em noto la meva pròpia veu estranya. La Gabriela m'explica que ella s'ha trobat molts catalans viatjant. Que fins i tot va estar tres mesos amb dos nois catalans, fent ruta per l'Argentina, amb un autobús vell que havien convertit en casa seva. Durant el sopar, m'explica diverses aventures que ha viscut en aquests dos anys de viatge: tota la gent nova que ha conegut i tots els llocs on ha anat treballant per poder seguir viatjant. Em flipa tot el que m'explica, la vida que porta des de fa temps. Però jo no sé si seria capaç d'estar tant de temps viatjant. No sé si estic preparada per estar tan lluny de la mama i de l'Òscar i de les de l'equip. Fa només dos mesos que he marxat i, tot i que he conegut gent extraordinària, trobo a faltar els meus. Trobo a faltar dormir al meu llit, despertar-me i que la mama hagi fet l'esmorzar, guanyar un partit i celebrar-ho amb les minerves, fins i tot trobo a faltar els mocs de la Terrats.

Quan acabem de sopar, anem cap a la tenda. Ella em diu que vol llegir una estona. Jo em vull dutxar. Em noto molt suada i enganxosa. Entre la humitat de l'ambient i la caminada per la via... faig tanta pudor que me la noto jo mateixa i no vull dormir al costat de la Gabriela així.

L'aigua de la dutxa és força freda. De fet, m'imagino, pel crit que fa una noia de la dutxa del costat, que deu estar congelada. Però, després de dos mesos sense aigua calenta, no em sembla tan exagerat. No em rento el cap. M'he fet un monyo alt i em rento només el cos. M'eixugo, em poso el pijama i torno cap a la tenda. La Gabriela ja és dins el sac de dormir llegint amb un frontal. Trec el meu sac i el poso al seu costat. Totes dues ens posem una alarma a les quatre de la matinada, per si de cas alguna no sona.

Em faig una selfie i l'envio a la Flor. Últimament parlo molt amb ella. Crec que se sent una mica sola. Treballa moltes hores i no es veuen gaire, amb les de l'equip. A mi m'encanta poder compartir una mica de tot el que estic vivint aquí amb ella.

He conegut una noia catalana. La primera en tot el viatge. És maquíssima. Em recorda molt a tu. Et cau-

ria súper bé! Tinc la sensació que la conec de tota la vida. Demà pujarem al Machu juntes. No sé si li diré lo del papa. Bona nit. ❤

La Gabriela fa estona que ha deixat de llegir i ara sento com respira adormida. No em puc adormir. Estic nerviosa per demà.

M'adono que he aconseguit adormir-me quan sona l'alarma. Suposo que he descansat unes hores. M'he d'aixecar corrents al lavabo. Tinc la panxa regirada. Què deu haver estat, aquesta vegada? Agafo el frontal. Encara és de nit. Entro al lavabo i, efectivament, diarrea. Ja no sé quantes vegades n'he tingut en els últims dos mesos. Quan vaig arribar al Perú, vigilava molt tot el que menjava i bevia. No menjava a les parades del carrer o del mercat ni bevia sucs de fruites, per si hi havien afegit aigua de l'aixeta. Però, tot i vigilar, després de la primera setmana vaig tenir diarrea. Vaig anar a una farmàcia del costat de l'hostal i em van donar les pastilles més fortes que tenien. Al cap de tres hores, ja estava molt millor. A partir d'aquell dia, vaig decidir deixar de vigilar tant el que menjava. Si igualment havia de tenir mal de panxa, millor gaudir de les coses bones, no? Així que em vaig comprar dues caixes d'aquelles pastilles fantàstiques i vaig fer vida com una peruana més.

En tornar a la tenda, la Gabriela ja està quasi vestida. Em diu que ella pot preparar entrepans per a totes dues mentre jo em vesteixo.

—No et preocupis —em diu convençuda—, el teu cos s'hi acabarà acostumant. Jo vaig estar quatre mesos amb la panxa fatal.

—Merci. S'ha convertit en marca de la casa.

La Gabriela es posa a riure. Li dono la meva bossa de menjar perquè agafi el que vulgui per als entrepans i marxa cap a la cuina. Em vesteixo, em poso la crema per al mal del turmell i la turmellera. Recullo tot el que hi ha dins la tenda i la començo a desmuntar. Quan torna, la Gabriela m'ajuda a plegar-la i sortim del càmping il·luminant-nos amb els frontals.

Caminem fins a la porta d'entrada per començar a pujar al Machu Picchu. En arribar, veiem que ja hi ha cua davant de la caseta on validen les entrades. Hi deuen haver ja unes trenta persones. Ens posem a la cua. Encara queden quinze minuts perquè obrin l'accés. Primer haurem de passar per un pont que creua el riu Urubamba i llavors pujar durant uns cinquanta minuts fins a arribar a la porta d'accés al Machu Picchu. Es farà de dia durant el camí, però el primer tram el farem de nit i només amb la llum dels frontals.

Mentre esperem a la cua, em menjo un parell de plàtans. La Gabriela no té gana. Diu que tan aviat al matí té l'estomac tancat. Jo tampoc menjaria, la veritat, però amb les pastilles que m'he de prendre, si no menjo, potser m'explota l'estómac a mitja pujada. Primer em prenc la pastilla del mal de panxa i després la del turmell. Em costa una barbaritat prendre'm pastilles. Mai m'ha agradat, però en aquest viatge, amb tants mals de panxa i regirades de turmell, m'hi he anat acostumant. Espero que em facin efecte ràpid per poder fer la pujada amb tranquil·litat.

Obren la caseta d'entrada. La cua comença a avançar lentament i comencem a caminar. La pujada se'm fa realment dura. Portem poca estona caminant, però ja em sento esgotada i em costa caminar. Estic segura que és per l'altura. Aviso la Gabriela i m'aturo un moment. Trec un saquet de roba de la motxilla amb fulles de coca seques. Me'l va donar la Liliana abans de marxar de l'hostal. Les fulles les asseca ella mateixa i en fa saquets que ven a la Plaza de Armas de Cusco. Me'n poso un parell a la boca i les començo a mastegar. N'ofereixo a la Gabriela i també en mastega unes quantes. Seguim pujant.

Per fi som a dalt. Hem tardat una mica més d'una hora. La Gabriela em fa una abraçada i totes dues descansem sense deixar-nos anar. Crec que li han caigut unes llàgrimes i tot. Estàvem totes dues rebentades. Quan recuperem una mica l'aire, ens separem i bevem una mica d'aigua.

Miro el mòbil. Tinc molts missatges pendents de contestar, la majoria del grup de WhatsApp de les de l'hoquei. Últimament només parlo pel grup de família i amb la Flor.

> FLOR: *Me alegro de que estés bien acompañada. Díselo, nena, no seas boluda. Te irá bien hacerlo con ella. Te deseo lo mejor, amiga* ❤

Segurament té raó. No sé si em ve de gust fer-ho sola. Realment el que em vindria de gust seria que la Flor fos aquí. O la Gina, és clar, compartir aquest viatge amb ella seria una passada. La vaig cagar tant amb ella... ara ho faria tot molt diferent: intentaria ser més comunicativa i no tan egoista. M'hauria encantat poder arreglar les coses amb ella abans de marxar, com a mínim per poder tornar a ser amigues. Però estic segura que quan torni ho solucionarem. L'altre dia em va enviar un àudio per WhatsApp després de mesos sense parlar-me, això ja és una aproximació, no?

Sí, estic segura que quan torni al poble tot serà més fàcil.

—Seguim? —em diu la Gabriela.

—He de fer una trucada. Ara vinc. —M'aparto una mica i començo la videotrucada.

—¡¿Lorena?! —em contesta la Flor, sorpresa.

—Holaaaaa?! —li dic, estranyada—. On ets?

—¡Nenaaaaas, paren de discutir, que nos ha llamado Lorena! —crida la Flor.

No entenc res, em sembla veure que són totes al vestidor del pavelló. Però, què fan a aquestes hores? Estan discutint?

—Què feu al pavelló? —pregunto.

—Pues, sin tanto drama, ¡hasta podría parecer una fiesta! —m'explica la Flor, molesta.

No entenc per què hi deu haver drama, però no m'hi poso. Porto massa temps sense parlar amb elles, però segur que és alguna tonteria.

—És Festa Majooooor!!! Ja t'has oblidat del teu poble? —em diu la Berta mentre s'acosta al mòbil de la Flor.

—Uah, és veritat! Aquí no sé ni en quin dia visc. —És mentida, sé perfectament que és 27 d'agost. La Flor també ho sap: és l'aniversari del papa.

—Ai, Lorena, estàs guapíssima! —em diu la Raquel—. Com va tot?

—Bé, els paisatges aquí són una passada i estic coneixent molta gent nova.

—Quina enveja, tia!! M'encantaria ser al teu lloc ara mateix! —em diu la Laila.

No crec que li agradés ser al meu lloc, però no li ho dic. Si sabés que avui m'acomiado definitivament del papa, que d'aquí a unes hores ja no em quedarà res d'ell i que estic aterrida per si a partir d'avui el començo a oblidar dia a dia... Si ho sabés, segur que no em tindria enveja.

—¿Ya estás en el Machu? —em pregunta la Flor.

—Estic a punt d'entrar-hi.

—¿Vas sola?

—No, he pujat amb la Gabriela. La noia catalana.

—Y vas a ir con ella ¿verdad? —em pregunta amb intenció.

—Sí, segurament entrarem juntes, però no ho sé, potser també està bé fer-ho sola, no?

—Deja que te acompañe. No tienes que ir siempre por libre, Lore.

Li faig que sí amb el cap amb un somriure còmplice. Sé que té raó, però no sóc capaç de prendre una decisió ara mateix. Sé que la Flor ha entès per què l'he trucada i sap que no vull que els ho digui, a les altres. Potser els ho explicaré quan torni, però per ara no em ve de gust compartir-ho amb tothom.

—Ties, he de marxar... Deixeu de discutir per tonteries i gaudiu al màxim de la Festa Major per mi, sí? Us trobo a faltar Minerves.

Penjo ràpid. No em vull posar sentimental. M'ha encantat veure-les. Sense adonar-se'n m'han ajudat a relativitzar una mica. Porto temps absorbida en el dia d'avui, en el comiat, i no he pensat en gaire res més. Elles sempre em donen forces per seguir endavant.

Torno cap on hi ha la Gabriela esperant-me.

—Tot bé? —em pregunta.

—Sí, és la Festa Major del meu poble i tinc a les amigues mig borratxes al pavelló municipal! —li dic, intentant semblar despreocupada.

Caminem fins davant la porta d'entrada del Machu Picchu i, de cop, ens trobem enmig d'un mar de turistes de tot el món i de guies amb banderoles de diferents colors que intenten formar grups per fer la visita guiada.

Des de fa uns mesos, només pots entrar al Machu Picchu si vas acompanyat d'un guia. A l'agència on em van vendre l'entrada, em van dir que era per controlar més el turisme, perquè no estigués tan massificat. Es veu que, en els últims anys, s'han degradat molt més ràpid les restes arqueològiques i que fins i tot s'estan plantejant prohibir-hi l'entrada. En realitat, em sembla bé, els humans som una plaga capritxosa que vol arribar a tots els racons del món per fer-se fotos, penjar-les a l'Instagram i tenir *likes*.

Enmig del caos, aconseguim arribar on hi ha el guia amb una banderola lila i vermella. A l'agència em van dir que el trobaria molt ràpidament i que només li havia de dir el meu nom, que ja el tindrien apuntat en una llista. Quan comprova que formo part del seu grup, li explico que la Gabriela no recorda el color que li han dit a l'agència i que ens agradaria fer la visita juntes. Comprova la seva entrada. Parla amb un altre guia i em diu que es pot afegir al nostre grup. Hem d'esperar una estona fins que hi siguem tots.

Estic molt nerviosa. Em tremolen les cames. Travessem, en fila índia, la porta d'entrada. Passem per un caminet lateral i em quedo immòbil. Soc al Machu Picchu. El lloc preferit del món del papa. El grup segueix. Em quedo enrere. La Gabriela es gira, em diu alguna cosa, però no la sento. El cor em va a mil per hora.

—Aquest era el lloc preferit del meu pare —aconsegueixo dir-li amb un fil de veu.

—Quant fa?

No entenc la pregunta, la miro estranyada.

—Quant fa que no hi és?

—Quatre mesos.

La Gabriela m'agafa la mà. Em fa un somriure còmplice, ens posem per un camí mig amagat i ens separem del grup. Caminem una estona en silenci. Observant-ho tot. He vist tantes vegades fotos d'aquest lloc i el papa me n'ha explicat tantes coses que tinc la sensació que ja hi he estat. Seiem en un petit mirador des d'on es veuen totes les ruïnes de la ciutadella sagrada del Machu Picchu. És plena de grups de turistes que segueixen la visita guiada.

—Em sap greu que t'hagis perdut la visita per mi —li dic.

—Cap problema! No soc una gran fan de les visites guiades.

Ens quedem una estona més en silenci. Vull explicar-li per què he vingut. Vull dir-li que porto les cendres del papa a la motxilla. Que en vaig agafar unes miques sense que ningú ho sabés i que, en el mirador on el vam acomiadar, em vaig prometre que una part d'ell seria per sempre al seu lloc preferit del món. Però no sé ni per on començar. No fa ni vint-i-quatre hores que la conec.

Durant aquests dos mesos, només ho he explicat a la Liliana i a en Juanito, per què soc aquí. No ho saben ni la mama, ni l'Òscar, ni les de l'equip. Bé, la mama i l'Òscar suposo que s'ho imaginen i, en realitat, la Flor sí que ho sap. L'hi vaig explicar fa una setmana en una videotrucada. Em va dir que estava boja, però que segur que en Pela estaria orgullós de mi.

—Avui és l'aniversari del meu pare —dic sense pensar-hi més.

—Com es deia?

—Pelayo. Bé, Pela. Pelayo només li deia la mama quan s'enfadava amb ell.

—Per molts anys, Pela.

Trec la petita urna de la motxilla i me la poso a la falda.

—Per molts anys, papa.

Miro l'urna. No sé si estic preparada per deixar-lo anar.

—Gabriela, com ho fas per no oblidar?

—El meu pare sempre diu que la memòria és memòria perquè oblida. L'oblit és inevitable, però suposo que el podem combatre recordant. —La Gabriela es queda en silenci, amb la mirada perduda—. És una tonteria el que dic?

—Crec que no.

Obro l'urna i escampo les cendres que em queden del papa. Veig com volen per sobre de la ciutadella del Machu Picchu. Les segueixo amb la mirada fins que desapareixen. M'imagino que s'amaguen en tots els petits racons d'aquest lloc màgic. Em ve al cap un moment que creia oblidat.

—Recordo quan tornaves a casa d'algun dels teus concerts i, fos l'hora que fos, entraves a la meva habitació per fer-me un petó de bona nit.

Adéu, papa. Sé que t'agradarà ser aquí per sempre. Prometo que tornaré amb la mama i l'Òscar.

7

Gina

El pavelló està absolutament fosc. Sense la vida que l'envolta habitualment, sembla abandonat, com si fes anys que ningú el trepitgés. Fa estona que m'he posat el mòbil en silenci. Elles volen que hi vagi, però jo encara no sé si vull anar-hi. Les he trobat a faltar tot l'estiu, i em sembla que encara les trobaré a faltar més a partir d'ara.

—T'ajudo a saltar, però t'has d'afanyar o ens enxamparan.

La Janina m'ha acompanyat fins aquí, i no sabíem com entrar. Hem estat fent voltes al pavelló, però tot estava absolutament tancat. Podria trucar a la Berta, però no tinc ganes que s'enfadi amb mi per telèfon. Després d'haver-lo inspeccionat un parell de cops, la Janina ha trobat una tanca que podem saltar i que dona accés als vestidors.

—Vols entrar?

—No hi pinto res aquí. Jo només t'ajudo a entrar.

—Em faria molta gràcia que vinguessis... No sé si ens veurem gaire més.

—No vull interrompre la vostra festa. És el vostre retrobament, de totes, i no crec que hagi de venir. Si vols, ens veiem al correfoc després.

—I què faràs aquesta temporada, amb elles?

—És diferent —diu mentre arronsa les espatlles. Pensa una estona abans de seguir parlant—. Quan sortim a jugar, anirem totes amb la mateixa samarreta. I és més fàcil. Només és passar-la, intentar marcar un gol i celebrar les victòries. Al vestidor només cal dutxar-te i posar-te la roba neta. Ara, en canvi, és una festa *vostra*. —La Janina entrellaça les mans i em fa un gest perquè m'hi enfili—. Prou de preguntes i ves-hi d'una vegada.

Em llanço sobre seu per fer-li una abraçada, sense pensar-hi massa. L'agafo amb força i ella m'envolta amb els seus braços, tot i que gairebé no arriben a tocar-me.

—S'haurà acabat l'estiu i no hauràs après a fer una abraçada com cal.

La Janina riu i se separa. Em torna a ensenyar les mans perquè salti la tanca. Aquest cop li faig cas, m'agafo a la seva espatlla i col·loco el peu a les seves mans. M'impulsa cap a dalt i m'enfilo, però em quedo parada a dalt, amb una cama a cada costat.

—Tia, no sé com sortir-ne! Em fa molt mal el cony!

—La segona part te la podies estalviar, massa informació.

—Què faig?

—Salta cap a l'altre costat!

—I si caic?

—Que saltis!

Quan aterro a l'altra banda veig que no era tan alt com m'imaginava.

—Soc matussera, però has de reconèixer que aquest aterratge ha estat molt digne.

—La tia de patinatge artístic dient que és matussera... Però si jo t'he vist fer piruetes més complicades que això!

—No sabia que tenia una admiradora secreta dels meus salts.

Hem quedat al nostre vestidor, m'han dit «el de sempre». Per elles és el de sempre, per mi, és el «meu» des de fa només uns mesos. Però a mesura que m'hi acosto no sento gens de soroll, només cotxes, lluny, i amb prou feines m'hi veig, els passadissos només estan il·luminats pels llums d'emergència. Del vestidor sí que en surt llum, però no se sent gaire res. Potser un xiuxiueig. Pico a la porta abans d'entrar, una veueta pregunta qui és. No sembla que hi hagi gaire gent, potser han marxat cap al correfoc, és normal que no m'hagin esperat. Al cap i a la fi, arribo molt tard.

—Hòstia, Gina! No sabíem que eres tu!

—Ja era hora, no?

—T'havíem dit que ens avisessis i et veníem a buscar.

—Com has entrat?

—He trobat un foradet en una tanca i he passat per allà... —No els puc explicar que m'ha acompanyat la Janina—. Per això he trigat tant.

Totes es posen a riure i no sé per què. Això encara em tensa més. No m'ho havia imaginat així, no havia de ser així.

—Tia!! Has entrat així? —pregunta l'Emma, pixant-se de riure.

—Però si la porta estava oberta! —Totes esclaten a riure, una altra vegada. Jo somric, fent veure que em fa gràcia, però ara mateix això m'és igual.

—I vosaltres què fèieu tan callades? —pregunto.

—Hem sentit soroll de dins del pavelló i ens hem cagat. He pensat que potser m'havia enxampat la meva tieta —diu la Berta.

—Hem intentat quedar-nos en silenci i així potser ens salvàvem —explica la Raquel.

—Estàvem fent un Skype... —L'Emma interromp la Laila i la fa callar, dient-li que ha ficat la pota.

—Amb la Lorena, no? No cal que m'ho amagueu. Ja sé que és amiga vostra. Tampoc em moriré si dieu el seu nom, eh?

L'ambient sembla que es relaxa una mica, però jo no puc parar de pensar que potser no hauria d'haver vingut. Tornen a posar la música, la Flor em dona un got amb el que sembla una barreja de vodka i llimona, i es posen a parlar, com si res. És clar, per elles és com si res, una festa més. I com més trigui a obrir la boca, pitjor serà. La Raquel em demana com m'ha anat l'estiu i només puc dir-li que bé, i ni tan sols sé preguntar-li com li ha anat a ella. M'aparto per mirar-me-les i agafo força. No m'atreveixo. No en soc capaç.

—Marxo a Berlín. Dijous que ve.

La veu m'ha sortit més forta del que esperava, totes s'han girat, totes em miren i m'he tornat a quedar sense veu.

—Quan tornes?

—No... No torno. Me n'hi vaig, per sempre. Bé... No per sempre més, això no se sap. Però com a mínim els tres anys de la carrera.

És clar que se sorprenen, perquè no en saben res, ni saben d'on surt. La Janina sí que ho sap. Però elles tampoc saben que la Janina ho sap. Elles no saben gairebé res del meu estiu i m'agradaria saber què desconec jo dels seus estius. Totes les coses que deuen haver pensat, viscut i decidit, i potser s'ho han guardat per a elles, perquè jo tampoc els he explicat tot el que he pensat, viscut i decidit. He decidit marxar a Berlín a estudiar, i porto setmanes intentant articular-ne el perquè, quina cosa és la que m'ha fet voler fugir d'aquí i deixar amigues, família, companyes i records per anar a una ciutat que només he vist durant quatre dies de la meva vida. I si resulta que els tres anys en aquesta ciutat desconeguda els visc amb enyorança? No sé explicar per què marxo, però potser sí que sé explicar per què no em quedo.

Era un divendres de principi d'estiu, quan encara no tothom tenia vacances i la piscina estava mig buida. El casal de nens petits compartia la piscina amb jubilats que prenien el sol i feien aiguagim. Feia calor i el sol s'escolava pels racons del petit para-sol que em protegia a la cadira de socorrista. Les persones s'anaven movent davant meu, fent gairebé els mateixos gestos, les mateixes accions. Menjaven gelats que es fonien massa de pressa, es posaven crema solar, es tiraven a la piscina i sortien per estirar-se a la tovallola per assecar-se i poder tornar-se a tirar a la piscina al cap d'una estona. I jo notava el sol que se m'infiltrava als braços, a les cuixes, a la cara, a les mans. M'impregnava de la seva calor i de la seva llum. I en aquests moments la rutina de la piscina em semblava bonica.

Vaig haver d'extreure'm de les meves contemplacions perquè va aparèixer una figura que encara no havia vist cap dia. Era una noia, més o menys de la meva edat, amb els cabells llargs, de color claret. No duia biquini, destacava perquè anava amb un banyador de cos sencer i s'havia posat una gorra i unes ulleres de piscina. La majoria de gent duia biquinis amb estampats cridaners, xancletes i ulleres de sol. Ella semblava que anava a entrenar o a competir. Em sonava, però de lluny no la podia reconèixer. Va deixar la tovallola a prop meu i va anar directa a la piscina. Quan la vaig poder veure millor, vaig adonar-me'n. Era la Janina. Ens vam saludar amb la mà. I res més.

Aquell dia em vaig banyar, com sempre. M'havia acostumat a banyar-me al final del dia, quan la piscina ja estava tancada. Em tirava i nedava poca estona. Així, després de tot el dia observant gent nedant i mullant-se podia refer-me quan acabava la jornada. Després d'haver-me remullat una mica, vaig anar cap als vestidors a dutxar-me. El cap de setmana no es presentava gens interessant, i no tenia cap pressa per arribar a casa. Vaig anar directa a la dutxa i, quan vaig sortir-ne, vaig veure que hi havia la Janina. Estava mig vestida i s'estava posant crema. Vaig saludar-la amb el cap i em vaig posar a l'extrem oposat del vestidor, per canviar-me i marxar. Només quedàvem nosaltres dues. El silenci impregnava les parets del vestidor, però parlar hauria estat més estrany. La Janina va acabar de canviar-se i va sortir, i ens vam intercanviar un breu adeu.

Jo gairebé ja estava, però m'esperava per no haver de coincidir amb ella a la sortida. Quan vaig anar a posar les coses al meu armariet, vaig veure les arracades de la Janina, se les havia deixat sobre el banc. Les vaig agafar i vaig dubtar una estona. Eren dues arracades rodones, platejades, no massa grans. Em vaig posar les sandàlies i vaig sortir a fora per perseguir-la. Era uns metres més enllà, caminant a poc a poc, mirant el mòbil. Vaig córrer fins a tocar-li l'espatlla, es va girar espantada.

—T'has deixat això! —Vaig ensenyar-li les arracades, triomfal. Ella va tocar-se les orelles, estranyada.

—Hòstia! Tens raó! Moltes gràcies! —Les va agafar i se les va col·locar, d'una manera una mica sapastre. Em va mirar fixament—. Et deies...? Em sap greu. Mai me'n recordo, dels noms.

—Gina. Tu ets la Janina. Rima!

—Tu sí que te'n recordes, del meu? He quedat fatal! Perdona!

—Què va. Tu t'has de recordar de molts noms nous, i jo només del teu i de les altres noies. És més fàcil!

La Janina va fer un somriure tímid, de sobte semblava que s'hagués esmicolat davant meu. Jo li tenia respecte, fins i tot por, i de sobte em vaig espantar en veure que ella estava avergonyida, incòmoda; semblava que m'hagués traslladat tot el seu poder a mi.

—Cap on vas? Jo vaig cap allà. —Vaig pensar que no voldria venir amb mi i que s'inventaria el seu recorregut per tal de no compartir-lo amb mi, però va assenyalar la mateixa direcció que jo.

—T'acompanyo.

Li vaig demanar on vivia, a quin institut anava, quant feia que jugava a hoquei. Li anava traient temes, em feia por que ens devorés el silenci. Li vaig explicar que jo m'hi havia incorporat no feia gaire, qui era, on vivia, què volia estudiar, que venia de patinatge artístic, el dia del meu aniversari.

—Ets sagitari? Jo soc gèminis. Se't nota d'una hora lluny. —En parlar d'això, semblava que la Janina es relaxava.

—Ah, sí?

—I tant! Ets molt honesta, sembles algú de qui pots fiar-te'n, i ja sé que lluites per totes les causes perdudes. Encaixes perfectament.

—Quin domini que en tens. Jo no ho controlo tant.

Vam seguir caminant i parlant, cada vegada de manera més distesa, escurçant el temps de cada silenci, fins que vam arribar a casa meva. Jo no tenia ganes de pujar, però tampoc sabia si ella volia parlar més estona o marxar.

—Escolta, a mi no m'espera ningú. Enlloc. No ho sé, si vols... —Havia començat a dir-ho convençuda, valenta, però, a mesura que anava parlant, la proposta em semblava absurda. Estava convidant la Janina, la noia que havia insultat l'Emma. La noia que venia a fer-nos fora del nostre propi equip. Què pensarien les noies?— Que si vols que anem a prendre alguna cosa... O a fer una volta. Jo què sé. Voldries?

—Segur que no tens res a fer? —Vaig fer que no amb el cap—. Doooooncs... Sí, fem alguna cosa. Jo tampoc tinc cap pla avui.

Ja ho havia fet. L'havia convidat. De sobte em va agafar por. Por de trobar-me l'Emma pel carrer mentre caminava amb la Janina. Por que em veiés alguna de les noies i que jo no sabés com explicar-ho. D'altra banda, jo estava còmoda amb ella i ja feia uns quants dies que no les veia. En Bernat i en Putxi havien aparegut un dia per la piscina, però de seguida es van posar a fer el burro amb els flotadors. Va ser entretingut veure'ls, però no van quedar-s'hi gaire estona. La Laila em va enviar un whatsapp dient que ella i en Nil anirien a la piscina, però al final no els havia vist mai. Es veu que l'altre socorrista era fantàstic. Un altre dia em vaig trobar la Flor pel carrer, però anava a treballar i tenia pressa. Vaig intentar quedar amb l'Emma i la Raquel, però no vam acabar de trobar cap dia. La Berta s'estava traient el carnet de conduir i passava temps amb la seva mare. No havia quedat amb ningú ni divendres ni durant tot el cap de setmana. Potser era una mena de traïció, però n'estava farta d'estar sola.

Ens vam posar a caminar sense cap rumb concret, parlant mentre ens mesuràvem les distàncies, però s'anaven escurçant cada vegada més. El sol s'anava ponent i aviat el capvespre va convertir-se en nit. Les terrasses del bar del centre estaven ocupades, però no teníem ganes de quedar-nos-hi. Al final vam passar per davant d'un supermercat i vam pensar que hi podríem comprar alguna cosa de beure.

—Tu ja tens els divuit? A mi a vegades em demanen el DNI.

—Sí, ja entro jo. Què vols?

—T'agrada el lambrusco?

—Evidentment!

Em vaig quedar a fora, per no aixecar sospites. La Janina va entrar al supermercat i vaig aprofitar per treure el mòbil, que ja feia molta estona que no mirava. Al grup de les de l'hoquei hi havia uns quants missatges.

Rache: *Eiiii, algú vol fer alguna cosa??*
Laila: *Sorryyy! No puc* 🙏
Berta: *Ets amb en Nil?* 😏
Laila: *Ha ha ha, molt graciosa*
Emma: *Sííi!! Jo puc, avui no he sortit d casa... t'obro x privat*

Em va sortir l'impuls d'escriure per apuntar-m'hi, les trobava a faltar. Però la Janina era dins del súper, no la volia deixar sola i tampoc podia dir-ho a les altres perquè no la voldrien convidar. Vaig posar el mòbil a la motxilla, per oblidar-me'n, encara que no podia deixar de témer que me les trobaria i que s'enfadarien amb mi. La Janina va sortir del súper amb tres ampolles de lambrusco, una bossa de patates i un paquet de Donetes.

—N'has agafat tres ampolles? Vols que ens agafi un *xungo*?

—Millor que ens en sobri que no pas que fem curt. Em moro de gana. Vols patates?

—Merda, em sembla que en no puc menjar. Són vegetarianes?

—Posa que són de pernil... Ho sento, no sabia que eres vegetariana.

—A vegades posa que són de pernil, però després resulta que només tenen l'aroma i res de carn de veritat. A veure... —Vaig agafar la bossa i vaig mirar els ingredients. No hi posava res que tingués carn de veritat i vaig obrir la bossa per menjar unes quantes patates.

Vam seguir caminant, cap al riu. Ens vam posar en un banc que quedava amagat per uns quants desmais, i allà vam obrir el lambrusco, que estava calent i una mica esbravat, però ens el vam beure sense cap mena de problema. Li vaig proposar de jugar a un «jo mai mai».

—Jugaré només amb una condició.

—A veure.

—Respondré amb tota la sinceritat i honestedat del món, d'acord? —Vaig assentir. Ella va fer un glop de lambrusco—. Però no pots fer-me cap més pregunta ni demanar-me explicacions. T'ho has de creure.

—Vols dir que puc confiar en tu tan ràpid? Quina gràcia té, si no m'expliques tota la història al darrere, el qui, el com i el quan?!

—O acceptes les condicions o no juguem. —M'ho deia absolutament seriosa, i vaig pensar que si insistia no voldria jugar, o que les coses es torçarien.

—D'acooooord. Ets molt cruel.

—Jo tampoc et preguntaré res a tu, així serà més just.

—A mi em pots preguntar el que vulguis, no tinc res a amagar!

—Com vulguis, però segur que alguna cosa preferiràs no dir-la.

Vaig obrir una altra ampolla de lambrusco i me la vaig agafar per mi.

—Començo jo? Preparada? —Vaig proposar-li—: Jo mai mai he pixat a la dutxa. —Vaig beure i ella també.

—Aquesta és una *xorrada*, qui no begui és que menteix. A veure aquesta: jo mai mai m'he enrotllat amb algú de qui no sabia el nom.

Vaig pensar un moment i vaig beure. La Janina també va fer un glop de lambrusco.

—Noi o noia? —vaig preguntar-li.

—Com hem quedat? Res de preguntes ni explicacions.

—Doncs... Jo mai mai m'he enrotllat amb una noia.

—Totes dues vam beure de l'ampolla.

—Això és fer trampes!

—No he demanat explicacions, només he plantejat un «jo mai mai». Va, ara tu.

—Jo mai mai he fet veure que em trobava algú per casualitat, quan en realitat sabia que passaria per allà i l'havia estat esperant —va dir, després de pensar una estona.

Ella va beure, amb poc entusiasme, com jo.

—Que trist.

—Amb qui va ser? —va preguntar-me.

—No havíem quedat que no em faries preguntes?

—No, no. Tu has dit que no tenies res a amagar.

—Prefereixo no parlar-ne.

Segurament ella sabia que jo havia estat amb la Lorena, també devia saber que ella havia marxat a viatjar i que jo m'havia quedat aquí. Que la Lorena feia amb mi el que volia, i que jo l'adorava tant que era incapaç de veure-ho. M'hauria agradat dir-li que ja no em passava, que ho havia superat, que havia entès que la Lorena s'havia portat malament amb mi i que m'havia oblidat d'ella. Però pensava en ella, massa sovint, i l'enyorava massa. No podia dir-li tot això, perquè no ho hauria de sentir, ja ho hauria d'haver superat. Dir-ho era admetre la derrota.

Vam deixar de jugar al mai mai, s'havia convertit en un terreny susceptible de reobrir ferides. Però vam seguir bevent lambrusco i menjant patates amb gust de pernil, i no sabria dir per què ni com, però em sentia còmoda al seu costat i no tenia ganes que s'acabés el lambrusco, perquè això voldria dir que s'havia acabat la nit, que tornaríem a casa i que segurament només ens tornaríem a saludar a la piscina, com si això no hagués passat. I feia tant de temps que no aconseguia deixar de pensar en la Lorena, feia massa temps que no aconseguia no sentir-me sola.

Quan ens vam acabar la beguda, vam marxar del costat del riu; feia estona que els mosquits ens picaven i vam començar a agafar por de la zona on érem, tan fosca i tan apartada. Altre cop ens vam posar a caminar sense rumb, aquesta vegada parlàvem amb la veu més alta, no teníem por de trepitjar-nos ni de dur-nos la contrària. Ens vam creuar amb uns quants grups de gent de la nostra edat, per sort, cap noia de l'equip. Ni del seu, ni del meu. Al passar pel costat del meu institut, ens vam aturar.

—Aquí és on estudio. Bé, estudiava. Ja he acabat. L'any que ve la uni, Barcelona, fer-se gran, totes aquestes coses... Bla bla bla. Tinc ganes de marxar, però són sis anys de la meva vida aquí dins.

—No pateixis, que te n'oblides ràpid, de l'institut. Hi ha vida més enllà, i una vida més bona.

Ens vam quedar aturades, mirant-lo fixament en silenci. La Janina va parlar enmig del silenci.

—Vols entrar-hi?

—Ara? Són quarts de dues.

—Per això! No hi haurà ningú. Ens podem colar, segur. No deuen tenir diners per a cap alarma, ni un vigilant tota la nit, i menys a l'estiu. —No sabia com dir-li que no, però la idea em va atreure.

—Allà hi ha uns matolls, fins fa poc no hi havia posada cap reixa. Si ens ajupim, potser podem passar.

Vam anar corrents cap allà, rient. Totes dues havíem begut força. La Janina va passar primer, sense pensar-s'ho gens. Jo vaig seguir-la, darrere seu, vigilant una mica més. De sobte, érem al pati de l'institut, al mig del camp de futbol asfaltat. Hi havia uns quants fanals que il·luminaven el pati des de fora. Estava tot quiet, desert, no hi havia cap pilota escampada, perduda, abandonada. No hi havia les papereres plenes de sucs i paper de plata. No el reconeixia com l'institut on havia passat sis anys, on havia fet i desfet amigues, on havia vist la Lorena i no m'havia atrevit a parlar-li fins que vam anar a classe juntes.

La Janina explorava el pati de l'institut, amb absoluta confiança, jo la seguia darrere. Ens vam quedar assegudes en un banc, sense saber ben bé què fer. Havíem entrat, havíem fet una cosa que no estava permesa. Però no hi havia res a dins que ens interessés, que ens cridés l'atenció o que valgués prou la pena per quedar-nos-hi. En silenci, totes dues ens vam adonar de la situació.

—Anem?

—Anem.

Vam tornar a sortir per on havíem entrat, i vam deixar el pati igual de petrificat com l'havíem trobat. Altra vegada, sense dir-nos res, totes dues teníem la mateixa idea al cap. Vam començar a caminar cap a casa, no parlàvem gaire. Quan ens vam separar no em vaig atrevir a dir-li si em donava el seu mòbil, si volia tornar a quedar amb mi. Ens vam fer una abraçada tímida, estranya, i vam marxar cadascuna pel seu camí.

A l'arribar a casa em vaig tirar al llit, esgotada. La casa estava a les fosques, els meus pares devia fer estona que dormien. Vaig treure el mòbil i em vaig posar a mirar l'Instagram. La Raquel i l'Emma havien penjat vídeos i fotos, s'havien acabat trobant amb la Laila i en Nil. Vaig anar a buscar el perfil de la Lorena. El tenia silenciat, perquè cada vegada que veia una foto seva sentia una fiblada de dolor, i el millor era que no m'aparegués de forma inesperada. Però aquella nit vaig anar-lo a buscar, i vaig mirar les seves *stories*. No sé on era, però estava amb més gent, més gent jove que també viatjava, en el que semblava un *hostel*. Se la veia contenta, còmoda, passant-s'ho bé.

Jo era al meu llit, després d'una nit estranya, de la qual no sabia què pensar. Tampoc sabia a qui explicar-l'hi, no sabia qui em podia ajudar a desxifrar-ho. Vaig buscar la Janina a l'Instagram. La vaig seguir, sense saber molt bé si és el que ella esperava de mi. Vaig mirar les seves fotos fins que em vaig quedar adormida.

El cap de setmana es va arrossegar lentament per davant meu, avorrit, insípid, prescindible. Començava a ser habitual que els caps de setmana, quan no treballava, fossin quaranta-vuit hores en què dormia fins tard, mirava l'Instagram fins que no tenia més fotos per veure i feia una migdiada. No tenia ganes d'anar a la piscina, perquè ja m'hi passava tot el dia. La majoria de noies eren fora o treballaven, i si proposaven plans no em convencien del tot. La Janina no em va seguir a l'Instagram, i cada vegada més semblava que m'hagués imaginat aquella nit: els lambruscos, colar-nos al pati de l'institut, el «jo mai mai».

Afortunadament els caps de setmana només duraven dos dies, i el dilluns ja tornava a ser a la piscina. La rutina seguia igual, els nois seguien posant-se calçotets sota els banyadors i les noies seguien duent les aixelles i cames ben depilades. Des de la meva cadira de socorrista s'anava desplegant davant meu el dia en una piscina, sota la meva mirada, per si passava alguna cosa (i mai passava res). El dimarts, el dimecres, el dijous van ser absolutament iguals. Seria incapaç de diferenciar-los, d'explicar quina cosa va passar cada dia, perquè semblava un vídeo que s'anava repetint, sense gairebé cap variació.

A més, s'acostava Sant Joan, una d'aquestes celebracions en què totes les amistats i amors es posen a prova. Amb qui celebrarem el Sant Joan, a on anirem, qui ve i qui no ve... Les noies de l'Assemblea Feminista m'havien proposat fer-lo amb elles, al local. Les minerves volien fer-ho a Llafranc, a casa del pare de la Raquel. Les de patinatge també m'havien dit si volia anar-hi, però em sentia molt lluny d'elles. No podia dividir-me en dos i ser a les dues festes on volia ser: mitja nit amb les noies de l'Assamblea i mitja nit amb les de l'hoquei.

La rutina es va trencar el dia abans de la revetlla: la Berta va venir a la piscina amb la seva mare. M'agradava veure-les totes dues juntes, com es relacionaven. Tot i que semblava que encara estaven aprenent a ser mare i filla, els gestos entre elles eren orgànics, fluids, bonics. La tendresa de la Berta era infinita, i l'Olga la rebia i li corresponia amb molta dolçor. Vaig estar parlant una estona amb elles, sentia com si em connectés amb el món exterior. Una alenada de realitat, de rutines diferents a la meva. No podia ser de cap altra manera, va sortir el tema de Sant Joan. La Berta no ho sabia, però jo encara no havia pres cap decisió. Elles es pensaven que aniria a Llafranc a celebrar el Sant Joan, però a les de l'Assemblea els havia dit que aniria amb elles. Faltava només un dia i era presa de la incertesa, de la por de dir que no, de la por d'equivocar-me de festa. No vaig ser capaç de mentir a la Berta tan descaradament, i li vaig deixar anar una mitja veritat, que teníem tot l'estiu per veure'ns.

El dubte i la por se'm van anar enfilant pel cos, fins que em van arribar al cap i vaig patir un curtcircuit. No tenia ganes de veure-les a elles, però tampoc a les de l'Assemblea. Què els podia explicar, jo? L'olor de clor? Els banyadors de moda? No m'havia passat res espectacular ni interessant, excepte conèixer la Janina... Però això no podia explicar-ho, i ni tan sols n'estava segura, si ho volia. O si havia sigut real.

Finalment, no anar a cap festa em va semblar la decisió més encertada però, a mesura que anava sentint els petards i aquella olor de nit inacabable, me'n penedia més. No podia anar a Llafranc. Havia deixat que se m'escolés de les mans una nit amb elles, a canvi de què? D'estar sola? No em reconeixia. Des de quan la Gina es quedava a casa? Des de quan la Gina preferia anar a dormir aviat abans d'estar amb les seves amigues? Em negava a creure que fos per culpa de la Lorena, però potser era això. M'havia deixat destruir per l'amor romàntic, després de tot el que havia llegit, havia deixat que m'asfixiés. I ara no sabia ben bé què quedava de mi.

D'aquestes ruïnes, va acabar-ne sorgint la setmana següent, i d'aquesta setmana el divendres, que va fer aparèixer la Janina. Duia un banyador de cos sencer, les ulleres de nadar, la gorra. Veure-la em va desvetllar, em va fer canviar la mirada avorrida i rutinària que tenia cada dia. Havia perdut l'esperança de tornar-la a veure, segurament no tornaria a venir, perquè sabia que hi seria jo, o canviaria l'horari per tal d'anar-hi quan no fos el meu torn. Però una setmana després, aproximadament a la mateixa hora, la Janina va aparèixer pràcticament igual que la setmana anterior. Abans de tirar-se a la piscina em va saludar, amb les ulleres ja posades. Em va ser difícil identificar com era aquell hola. Era simpàtic, hostil, trist o incòmode?

Va acabar de nedar i va anar als vestidors, i jo encara no havia acabat el torn. No podia seguir-la. Aquella mitja hora que em quedava se'm va fer eterna i, quan el rellotge marcava l'hora en punt, vaig afanyar-me a anar al vestidor. Quan vaig entrar, ja no hi era. És clar, havia decidit marxar abans que ens tornéssim a trobar, abans que jo pogués enganxar-m'hi. Em vaig dutxar i em vaig vestir a poc a poc, perquè, com el divendres anterior, no tenia res a fer. Quan sortia per l'entrada, algú em va cridar de lluny.

—Gina! —Em vaig girar, era ella. Estava recolzada en una paret, amb els cabells encara molls—. Si que trigues... Ja fa estona que t'espero.

—Perdona, és que... No sabia que m'esperaves. Pensava que ja hauries marxat.

—Tenia moltes ganes de treure'm el clor de seguida, i tampoc sabia ben bé a quina hora plegaves. Preferia esperar-te aquí fora.

M'havia fet tant a la idea que només interactuaria amb la Janina amb *holes* i *adeus* a distància que trobar-me-la allà fora (i que m'esperés a mi!) em va deixar descol·locada, sense paraules.

—Que tens alguna cosa a fer? —La Janina havia notat la meva sorpresa i potser la incomoditat.

—No! Què va. A l'estiu mai tinc res a fer. —Volia treure ferro a l'assumpte, volia que sabés que jo també tenia ganes de quedar amb ella.

Aquell dia també vam acabar passant el vespre i la nit juntes, parlant, fent broma i coneixent-nos, perquè en el fons no sabíem massa bé qui era l'altra. No vam comprar lambrusco, només un parell de llaunes de cervesa, que vam beure amb més calma, i no ens va fer falta jugar al «jo mai mai». Quan ens vam haver acabat les cerveses, vam pensar que hauríem de sopar, i vam anar a la terrassa d'un bar on feien entrepans vegetarians. Ens havíem assegut a fora i jo no havia pensat en el perill que podia suposar aquella exposició pública, aquella declaració davant tanta gent que potser érem amigues, que potser ens vèiem a vegades.

Vaig veure la Raquel amb l'Emma, assegudes a la terrassa d'un altre bar. Elles també em van veure i em van saludar amb la mà. Em feia patir que vinguessin i li fessin algun moc a la Janina, així que vaig decidir acostar-m'hi jo. La Raquel estava molt morena, i l'Emma mirava el mòbil.

—Ei, com esteu? Què feu?

—Res. Venim de banyar-nos al riu, i ara hem vingut a sopar —em va explicar la Raquel—. I tu?

—També, ara sopàvem… I la Laila?

—Ha tornat del Marroc fa poc, i no ha pogut evitar anar a veure corrents en Nil. Es troben taaaant a faltar… —La Raquel feia broma i jo em vaig posar a riure, per destensar l'ambient.

—I a tu no vols que et preguntem què fas amb ella? —va dir l'Emma, seca.

—Sss… sí. Me l'he trobat a la piscina i m'ha dit d'anar a prendre alguna cosa… M'ha semblat estrany, no sé per què vol quedar amb mi…

L'Emma em va tallar:

—I tu li has dit que sí?

—No he sabut dir-li que no.

L'Emma va deixar anar un sospir exagerat; no havia deixat de mirar la pantalla del mòbil en cap moment, i no pensava fer-ho.

—Em sap greu, Emma. Ja sé que amb tu es va portar fatal.

—I tu ves-li rient les gracietes. Et penses que amb tu es portarà millor?

—Ets una exagerada, Emma. —La Raquel va intervenir, amb desgana. Malgrat que no se la veia gaire contenta que jo estigués amb la Janina, el tema la tocava menys de prop.

Els vaig dir adeu i, derrotada, vaig tornar a la taula amb la Janina. Em va dir que, si volia, podia seure amb elles, però li vaig dir que no em venia de gust. Durant tot el sopar no podia deixar de mirar l'Emma i la Raquel i d'imaginar-me que em criticaven. A poc a poc se m'anava omplint el cap del que m'havia dit l'Emma. Potser també m'acabaria putejant, potser ara feia veure que li queia bé per al final aprofitar-se de mi. No m'havia demostrat res d'això, però, pel que sabia de l'Emma, la Janina no semblava aigua clara.

—A les teves amigues no els caic bé, ja ho sé. —La Janina va dir-ho de sobte, dúiem una estona callades, menjant en silenci—. És normal. Suposo que no em vaig portar gaire bé.

—Nooo, què va. No m'han dit res de tu. Hem parlat de quatre parides.

—No cal que em menteixis, Gina. No passa res. Ho entenc.

Quan ens vam acabar l'entrepà, vam pagar i vam tornar cap a casa. Semblava que tot estava tocat, tot era estrany. De sobte se'm feia més evident que la Janina no podia ser la meva amiga, que allò que estava fent no estava bé. M'havia deixat anar per culpa de la solitud, per culpa de la rutina que se'm menjava, de l'avorriment. Ara ho podia veure amb una altra llum, l'estranyesa s'apoderava de tot.

Quan vaig arribar a casa em vaig llençar al sofà, a mirar la televisió. Vaig estar fent zàping una bona estona, no hi havia res que m'interessés. Vaig escriure a l'Emma.

Emma, et puc trucar??

EMMA: *No m'agrada parlar per telèfon* 🙄

OK, sorry. Em sap greu lo d'abans, ha sigut estrany

EMMA: *No, no és estrany, lo fotut és que et vegis amb ella*

Només ha sigut avui... potser tens raó 😔 *esq estic molt avorrida*

L'Emma no em va contestar al whatsapp i jo tampoc li vaig dir res més. No parlaria més amb la Janina, i prou. No tenia cap mena de sentit i feia mal a les meves amigues. El divendres següent no li diria res més, li explicaria que tenia alguna cosa per fer, que estava ocupada, o potser m'inflaria de valor i li diria la veritat: que ha fet mal a les meves amigues. Fos com fos, no tornaria a quedar amb ella.

Diumenge em va seguir a l'Instagram i em va enviar un missatge privat: «Potser n'estàs farta, però jo vaig a la piscina una estona. Si vols venir, m'ho dius.» Havia trigat més d'una setmana a seguir-me i, a més a més, m'havia convidat a anar a la piscina. No vaig obrir el missatge, no volia que veiés que l'havia llegit, perquè no sabia què respondre-li. Tenia ganes d'anar-hi, però m'havia promès que no tornaria a veure-la. No només era veure-la, sinó acceptar que tenia ganes de quedar amb ella. Però la perspectiva de tornar a estar tancada a casa tot un diumenge calorós i enganxós d'estiu em va fer decidir. Li vaig respondre. «Fins ara.»

Aquella tarda de diumenge vaig assumir que hauria de dur d'amagat la meva incipient amistat amb la Janina. Ja havia vist com havien reaccionat les altres. Tot i així, cada vegada que em trobava amb la Janina o que fèiem alguna cosa, em sentia malament, com si les estigués abandonant, o traint. Una tarda vaig acabar confessant-li a la Janina com em sentia.

—No és un problema teu, ni molt menys... Però sé que a les altres no els agradaria que em veiés amb tu. I em sap greu per tu, perquè a mi... A mi no m'has fet res.

—Tampoc he vist les teves amigues preocupades de voler quedar amb tu.

—Ja, però jo treballo gairebé cada dia, i molts dies estava massa cansada per anar-hi. Ja deuen haver deixat de convidar-me perquè saben que mai hi vaig. I els caps de setmana, totes desapareixen. A la platja, a la muntanya... I encara que es quedessin al poble, van al riu. I la veritat és que jo tampoc intento quedar amb elles. No és que no tingui ganes de veure-les, però no vull forçar-ho. N'estic farta, de forçar que la gent vulgui estar amb mi.

—No els deus res, Gina. M'atreviria a dir que és al revés, que elles et deuen alguna cosa a tu. Si no fos per la teva ajuda i bogeria, no estarien jugant al Minerva. Jo tampoc hi seria.

—Però no ho vaig fer perquè m'haguessin de deure res. Ho vaig fer perquè creia en elles i perquè a la Lorena li encantava jugar a hoquei.

—Aaaah, ho vas fer per la Lorena, doncs? I ara que no hi és, ja no saps ben bé què fer?

Em vaig quedar callada. No m'esperava aquesta duresa per part de la Janina. El comentari em va remoure per dins, però en el fons tenia raó. M'havia dit el que les meves amigues no s'havien atrevit a dir-me.

—Soc estúpida. Sí, faig tot això perquè vull, però quan no m'ho retornen amb la mateixa intensitat, em frustro i em sento com una desgraciada.

—Ets una persona molt apassionada, i això no és dolent. Però potser hauries d'aprendre a dependre menys dels altres. A fer les coses que tu vols, ser una mica més egoista.

—A mi m'agrada cuidar les meves amigues, la gent que m'envolta.

—I tu, no et cuides?

Feia molt poc que coneixia la Janina, però semblava que pogués posar-se dins meu, veure'm d'una manera que mai ningú m'havia vist. Em feia por, em deia coses que em regiraven per dins, però alhora volia que seguís parlant, que seguís esquilant-me i fent emergir aquestes coses que notava tan properes, però que a la vegada eren desconegudes.

La setmana següent no va ser com les altres. Els meus dies a la piscina seguien impregnats de clor, i les persones prenien el sol, es banyaven, jugaven a cartes, llepaven gelats i feien la bomba en llançar-se a la piscina. Això seguia igual. Però mentre mirava aquesta mena de repetició invariable, alguna cosa em coïa a dins, una cosa estranya i inexplicable feia que el cap em fugís cap a territoris estrangers. Vaig pensar que podia escriure, per estirar aquests pensaments que em volaven pel cap. Posar-los en paraula escrita, poder-los mirar de lluny i poder-los entendre. Però, quan em vaig plantar davant la meva llibreta, no sabia quines paraules eren les adequades o si jo les coneixia. Em sentia a la intempèrie, incapaç d'articular el que em passava.

I aleshores, una tarda calorosa, buida, mirant un programa qualsevol a la tele, de sobte vaig notar una mena de llampec, una centella que em tocava i se m'escampava per tot el cos. Una descàrrega elèctrica que em va fer treure el mòbil i posar-me a buscar on podia seguir la meva vida. Trobar un lloc on els indrets no estiguessin tacats de significats i de records, un lloc que fos una pàgina en blanc, un lloc on jo pogués decidir quin significat li donava, qui era jo. La idea em fascinava i sentia que gravitava cap a ella, però alhora em generava recel. Era una fugida sense més? Arribaria allà i seguiria sent jo, la Gina, com sempre? O seria la manera d'atrevir-me a provar altres coses, de no sentir-me en deute amb tot i amb tothom?

L'excusa per marxar era anar a estudiar fora. I buscant, sense acabar-m'ho de creure, va sorgir una universitat que semblava feta per a mi, l'Alice Salomon Hochschule. La gent explicava que el menjar vegà que feien al menjador era exquisit, que hi havia guarderia per a les mares amb fills i que feia anys que els lavabos no estaven separats per gènere. Alguna cosa m'estirava, m'obligava a fer-ho. No només canviava de ciutat, sinó que anava a un lloc a fer allò que m'agradava, amb gent que segurament pensava d'una manera similar a la meva. Fins aquell moment no ho considerava com una possibilitat, no era una opció; però, quan vaig llegir-ho, quan vaig descobrir-ho, em vaig preguntar com m'havia pogut conformar amb quedar-me aquí. M'havia fet a la idea que seguiria a prop dels amics i la família, i no em desagradava. Però, ara que sabia que hi havia una altra opció, se'm feia estrany, se'm feia petit.

Després de l'eufòria, és clar, van aparèixer tots els dubtes i la incertesa. Només de pensar-hi se m'eriçava la pell i se m'ampliava el camp de visió, però alhora em generava cert terror. No hi coneixia ningú, només havia estat un cop a Berlín, deixaria moltes coses i molta gent enrere. Va ser una petita descoberta íntima, no sabia ben bé què pensar-ne, potser era una bestiesa o potser era una molt bona decisió. No m'atrevia a comentar-ho als meus pares, ni a les meves amigues. Però també se'm feia estrany pensar a marxar i no comunicar la decisió a ningú, com si ho fes d'amagat o fos una cosa mal feta.

De totes maneres, soc incapaç de guardar-me per a mi aquestes descobertes, i notava que tenia la necessitat de verbalitzar-ho, com si des de dins em premés cap enfora, amb ganes de sortir. La qüestió era: a qui podia dir-l'hi? Qui em podria ajudar a pensar-ho, a decidir-me, a fer-me tocar de peus a terra o a animar-me a seguir amb la idea?

Tenia ganes d'explicar-l'hi a la Lorena, ella que també estava lluny, viatjant, refent-se. Segur que ella m'entendria, m'aconsellaria i m'animaria. Però no m'atrevia a parlar-hi. Se'm va acudir que la millor persona a qui dir-l'hi era la Flor. Ella havia viatjat, havia viscut a molts llocs diferents. Més o menys sabria el que em passava a mi.

Com estàs? Fa temps que no et veig!

FLOR: *Bien, ¿y vos?*

Estàs treballant, ara?

FLOR: *Sí, tía. Me tienen todo el día pillada. Pero bueno, almenos estoy ocupada, q no sé que q haré cuando se acabe el contrato* 😭

Bfff, t'entenc. Segur q estaràs contenta quan s'acabi això

Btw, m'agradaria quedar amb tu!

T'aniria bé dijous al vespre?? 🍕

FLOR: *OK, creo que me lo puedo arreglar* 😘

Al final, aquell dijous la Flor no va poder perquè li va sortir una feina per treballar quatre dies, i no ens vam poder veure fins la setmana següent. Era curiós, perquè poques vegades havia quedat a soles amb la Flor, i em va semblar que potser havia forçat la situació, que ho havia fet tot massa greu, massa important. La Flor sempre m'havia semblat una persona honesta, encara que d'entrada semblés hermètica. I, sobretot, quan a finals de curs em va explicar el que havia passat entre ella i la Lorena. Gairebé no la coneixia, però per ella va ser essencial dirme la veritat. Arriscar-se. Suposo que per això vaig pensar que podia parlar-hi.

Vam quedar per sopar a casa seva, vam demanar que ens portessin pizzes, també havíem comprat algunes cerveses. La Flor semblava avorrida, però també distant, preocupada. Havia d'anar traient temes de conversa, ja que no volia començar directament amb el meu propi drama.

—Què tal l'estiu? Com va?

—Pues... la verdad, ¡un coñazo! Voy trabajando a trompicones y el resto del día me aburro bastante. Un poco agobiada también.

—*Agobiada*?

—Sí, tía. Porque ahora son vacaciones y, si no hago nada, no me siento tan mal. ¿Pero durante el curso? Estoy perdida.

—Sempre et quedarà l'hoquei, no?

—¡Menos mal! Porque si no, me muero.

—Que dramàtica! Tens moltes més coses.

—Que no. Tu eres una loca y te apuntas a todo, pero no te das cuenta de lo importante que fue para nosotras que salvaras la sección. No sé qué haríamos ahora, sin equipo... ¿Te lo imaginas?

La Flor m'havia explicat les seves preocupacions, i jo em veia amb cor d'explicar-li el meu petit dilema. Ella no sabia ni què volia fer i jo volia plantejar-li que tenia dues opcions. Em semblava egoista i desconsiderat, i, per tant, no vaig treure-li el tema.

Finalment, vaig pensar que podia parlar-ho amb la Janina. La nostra amistat era molt recent, tot just s'acabava d'estrenar i tampoc tenia gaire clar si tindria continuïtat. Però amb ella em sentia còmoda, segurament perquè jo podia ser com volgués, com em sentís, a diferència del que em passava amb la gent del poble. Em coneixien, sabien el meu passat i tot el que havia fet, i no sentia que podia mostrar-me tal com era jo. La Janina, en canvi, m'havia conegut de feia poc, i per algun motiu semblava que m'entenia i, fins i tot, que s'avançava als meus pensaments. Una tarda que vam trobar-nos a la piscina, vaig decidir explicar-l'hi. Vaig ser directa, no volia que em passés com amb la Flor.

—He estat pensant una cosa... M'agradaria comentar-te-la.

—Ui. Em fas por. És sobre mi? Sobre nosaltres?

—No, no. És una cosa meva, només. Però em fa cosa dir-ho. Em sento una mica egoista, ja només de pensar-hi. Però necessito treure-ho i dir-l'hi a algú.

—Va, dispara. M'estàs creant unes expectatives... I després segur que serà una parida.

—Que no, que és una decisió *heavy*. L'altre dia, no sé com exactament, ni per què, em vaig posar a mirar coses per estudiar a fora. Sense buscar res en concret, només per mirar. A tot arreu, no em vaig centrar en cap país.

—Vaaaaa, no cal que em donis tant context. —Tenia raó, estava donant moltes voltes perquè em feia por dir el que havia pensat.

—Doncs que he trobat una carrera a Berlín que és perfecta per a mi, és ideal. I no se m'havia passat pel cap marxar, però de sobte tenia molt de sentit, de sobte em sentia més tranquil·la, més encaminada cap a algun lloc. Que segurament és una parida, i és una fantasia i res més.

—I per què m'ho dius? Para de menysprear les teves idees! Si se't va acudir que hi podies anar i en tens ganes, no ho deixis en una fantasia.

—Ja, però marxar... Així, perquè sí... Sembla un capritx, o sembla que vulgui fugir d'algun lloc, que no estigui bé aquí.

—Potser no estàs bé aquí, i no passa res.

—Però aquí hi tinc la meva família i les meves amigues! I les minerves.

—Seguiran existint sense tu, saben espavilar-se. Vols marxar? Marxa. A tu aquest poble se't fa petit, a Berlín t'ho passaràs de puta mare.

—Hi has estat, a Berlín?

—No, però el que és clar és que aquí no pots seguir.

La Janina ho havia tingut clar de seguida: havia de marxar. Tenia ganes de fer-li cas de forma cega, però em semblava que estava abandonant les meves companyes. M'havia compromès a aprendre amb elles, a jugar al seu equip, a aprendre hoquei. A fer que no tanquessin l'equip. I ara, d'una revolada, havia decidit marxar i renunciar a tot això.

Ja sabia que podia marxar, i cada vegada se'm feia més difícil seguir vivint allà. Al cap de poc d'aquesta conversa, era a la piscina, com sempre, vigilant (i mai passava res), i va aparèixer en Daniel, un noi que havia vingut amb mi a classe. Feia temps que no el veia, després d'haver fet un cicle formatiu havia anat a treballar al poble del costat i quasi mai coincidíem. Jo em recordava d'ell i, aparentment, ell de mi. No ens vam ni saludar, mai havíem tingut bona relació. El primer dia que vaig aparèixer rapada a l'institut, a quart d'ESO, ell se'n va estar burlant tota la setmana. A mi m'agradaven els meus cabells curts, n'estava segura, però sentir els seus comentaris durant tota la setmana era horrorós. «Sembla que tinguis leucèmia» va ser el pitjor de tots. Em va fer tanta ràbia, quan m'ho va dir, que li vaig acabar donant una empenta, sense pensar-ho. Em va sortir de dins. Es va desequilibrar i va caure, sense fer-se mal, però la bronca del profe em va caure a mi. No va voler entendre que duia una setmana ficant-se amb mi, molestant-me. Però qui ho havia traslladat al pla físic havia estat jo. Des d'aquella empenta, però, no va emprenyar-me tant, o només en la distància. Ja no m'interpel·lava directament, sentia el murmuri i els riures darrere meu, però això m'era igual. Després no va fer batxillerat i ja no el vaig veure més. Me n'havia oblidat.

Era a la piscina, amb els seus amics, tots cridant i esquitxant tothom amb els seus salts. En un moment donat, vaig veure que em mirava fixament i començava a parlar amb els seus companys. Reien i m'assenyalaven, de forma exageradament notòria perquè jo me n'adonés. Intentava ignorar-los, però al final van captar la meva atenció. Volia desxifrar què els estava cridant tant l'atenció. Me'n vaig adonar: no anava depilada, i estaven mirant-me les cames i les aixelles. Òbviament. No era la primera mirada que rebia durant l'estiu, i tampoc seria l'última. Però eren mirades de reüll, discretes. Aquesta era fixa i burleta. Alesbores sí que em va travessar una fiblada de dolor. Em va semblar molt ridícul que fos el focus de les burles, però, malauradament, va ser com retornar a una època que creia passada. En Daniel encara es recordava de qui era jo i no se n'havia desfet, de la relació que manteníem. Per ell, seguíem com dos anys enrere, a l'ESO.

Les probabilitats que tornés a trobar-lo eren poques, però, de totes maneres, no em donava la gana aguantar coses així. No havia de fer-ho. I, aparentment, gent que feia dos anys que no veia seguien sent com havien sigut anys enrere. Jo em notava diferent, però ells em veien igual. No tenia cap mena de sentit seguir allà.

L'acumulació de totes aquestes coses va fer que un dia em llevés sabent que ja ho havia decidit. Me n'anava a Berlín. Quan els ho vaig explicar als meus pares, ho van entendre, em van animar i em van donar suport. Havia superat el primer obstacle potencial. La Janina es va alegrar de saber que finalment havia pres la decisió. El que em feia patir més, que eren els tràmits, ho vaig poder solucionar sorprenentment ràpid. Ara faltava el que em costaria més: dir-ho a totes les noies. Els ho volia dir a totes alhora, perquè no sabia si m'atreviria a dir-los-ho una per una; havia de fer-ho com quan treus una tireta, ràpid i de cop. L'estiu anava passant i cada vegada se'm feia més feixuc mantenir-ho en secret. Ja estava buscant pis i elles encara no en sabien res. I, afortunadament, de cop, la Berta ens va convocar a totes a fer *botellón* per acomiadar l'estiu. Hi seríem totes. Els ho havia de dir sí o sí.

S'acostava la data, els nervis anaven augmentant. No aconseguia que cap pis em volgués, no em coneixien, i encara faltava una mica perquè hi anés. Enviava molts correus i whatsapps i feia videotrucades, però no em volien. Les residències estaven força plenes i em feia molta por plantar-me a Berlín sense un lloc on dormir. Podia estar-me uns dies en un *hostel*, però m'havia d'afanyar a trobar companyes de pis. Havia conegut persones que pensava que serien ideals per conviure-hi, però elles no devien pensar el mateix i no em deien res més. N'estava farta, de tantes decepcions i que em rebutgessin. En aquests moments s'esfondrava tota la meva idea, m'agafava por i pensava «si faig marxa enrere, encara em puc quedar».

Ja tenia els bitllets per marxar, just una setmana després del *botellón* que faríem, i seguia sense pis. I si els deia a les minerves que marxava i al final m'havia de quedar? Encara seria pitjor, seria ridícul. Estava tan desesperançada que vaig agafar el mòbil, sense pensar-hi gaire, i vaig buscar el contacte de la Lorena. No parlàvem des que ella havia marxat i li havia desitjat bon viatge. Ja feia molt d'allò. Vaig posar-me a gravar una nota d'àudio.

Hola, Lorena. Com va tot? On ets ara? Sé que és estrany que t'enviï un missatge, fa mil anys que no parlem. Et vull demanar una cosa... Tinc una amiga que marxa d'aquí a una setmana a Berlín, per anar a fer la carrera. La tia ho ha fet així, out of nowhere, *s'ha comprat bitllets, però no té on caure morta. En fi. Et volia demanar si havies conegut algú de Berlín o així, perquè no troba pis. La gent no la coneix i, és clar, no l'agafen. Tu potser... No ho sé, algun alemany et deus haver trobat!! I si tens el seu contacte, si vols, és clar, els pots dir si saben d'algú que busqui companys. Que és una tia mooolt neta, molt endreçada... i maca! Ha, ha, ha. Ara de veritat, em... ens faries un súper favor. Res, espero que tot vagi bé. Moltes gràcies. Adeeeeeu.*

La Lorena va escoltar l'àudio, però no em va respondre. Potser era molt lleig dir-li això després d'estar tant de temps sense parlar. Però estava tan preocupada que no se m'havia acudit res més, no havia pensat en les conseqüències que podia tenir. Vaig escoltar l'àudio mil vegades, per saber si se'm notava nerviosa, si em tremolava la veu. Cada vegada que l'escoltava em sentia més estúpida, pensava que l'havia cagat. L'endemà vaig rebre una nota de veu seva.

Holaaa!! Tiaaa, quant de misteri!! Uauu! Berlín! Ha, ha, ha! Jo estic bé!! Veient un munt de llocs guapíssims... és espectacular! No t'havia contestat perquè no volia dir-te res fins que no et pogués passar un contacte. I... tatxaaan! He parlat amb una noia que es diu Cora, que vaig conèixer a Cusco. Ella no viu a Berlín, però té un amic que sí, que està buscant pis, i els falta algú de confiança. Total, que em va passar el seu número, l'hi vaig explicar, i el tio, que OK, que li digui alguna cosa i que xerrin. A veure què. Espero que sigui maco, ha, ha, ha! Ja em diràs. I res... que no ho sé... Que et trobo molt a faltar. Una abraçada.

M'havia salvat la vida, probablement, però em va deixar molt tocada que em digués que em trobava a faltar. Sabia que no era veritat, o potser sí, però era massa tard, era innecessari. Sempre feia el mateix, sense tenir en compte com em podien afectar els seus comentaris. Li vaig contestar concisa: «moltes gràcies!», i no vaig dir-li res més. Ella tampoc.

Vaig parlar amb el contacte que m'havia passat, un tal Alexander. Era un noi alemany, gai, que anava a Berlin a estudiar cinema. Em va explicar la seva situació: era alemany, però de Baviera i, per tant, necessitava un pis. Tenia una amiga amb qui anar a viure, però els faltava una tercera persona. Tenien un pis vell, però gran, i no volien posar-hi qualsevol persona. Vam quedar de fer un Skype per conèixer-nos millor i concretar les coses. El dia que vam acordar que ens anava bé a tots dos era el mateix del *botellón*, poca estona abans. De sobte, s'havia solucionat tot molt ràpid, massa fàcil. Em sentia estúpida per haver recorregut a la Lorena, però m'havia tret un gran pes de sobre.

Abans d'anar a la festa, hem fet l'Skype. Estava tan nerviosa que li he demanat a la Janina que vingués. Hem estat practicant com podia dir-ho en anglès, com vendre'm bé, fins i tot quina roba posar-me. La connexió ha sigut bastant fallida, se'ns ha penjat diverses vegades i no ens sentíem gaire bé. Al final hem aconseguit entendre'ns i ens hem allargat moltíssima estona, la conversa fluïa, i ja és definitiu: tinc pis a Berlín. Quan he penjat, he vist l'hora: feia tardíssim al *botellón*. El mòbil estava ple de missatges de les de l'hoquei: quina beguda portaven, l'hora, que les vinguessin a obrir. Jo no havia dit res i m'havien trucat una vegada.

—Millor que no hi vagi, no?

—Això ho dius perquè t'està agafant el cangueli. Què faràs? Els enviaràs un whatsapp? «Hola, perdoneu que no hagi vingut. Me'n vaig a Berlín la setmana vinent. Adeu»? —em va recriminar la Janina, amb la seva duresa habitual.

—Tens raó... Però què, ara arribo i els deixo anar la bomba? També és molt cutre.

—Gina, has de fer-ho. Si vols, t'acompanyo. Però hem de sortir ja o no hi seran.

He arribat i els he deixat caure la bomba.

—Marxo a Berlín. La setmana que ve.

—Quan tornes?

—No... No torno. Me n'hi vaig, per sempre. Bé... No per sempre més, això no se sap. Però com a mínim els tres anys de la carrera.

Totes s'han quedat de pedra. Cap m'ha dit res, no han reaccionat.

—És una broma? —La primera a saltar ha estat l'Emma.

—Quan ho has decidit? —pregunta la Berta.

—¿Por qué Berlín? —em demana la Flor.

Totes em miren, expectants, i jo estic bloquejada, sobrepassada. Tenia molt temor d'aquesta situació i s'ha convertit en el que esperava: un interrogatori del qual no tinc respostes.

—Ho sento, ties. Em sap greu no haver-vos-ho dit abans, però tampoc fa tant que ho he decidit. No sabria dir-vos per què, tampoc. Tenia ganes de marxar, Berlín mola i hi ha una carrera que m'ha flipat. I no us ho he dit perquè... No ho sé. Em feia por, suposo. Em sap greu abandonar-vos, marxar. És la cosa que m'ha fet dubtar més, i potser m'he equivocat... Entenc que estigueu cabrejades amb mi, hi teniu tot el dret. Perdoneu.

—Però, què dius? —La Raquel em contesta seca, mirant-me fixament—. Per què ens demanes perdó?

—Perquè marxo, us deixo.

—Però si és una súper bona notícia, Gina! —diu la Berta, emocionada.

—És clar, Berlín mola molt! I fa molt per tu —em diu la Laila.

—¡Qué guay! ¿Ya tienes piso?

—Sí, sí. Felicitats. Però el més important: quan et podem venir a veure?

Totes han reaccionat bé, molt bé. Després del xoc inicial, totes estan molt contentes per mi, no ho falsegen. Ho noto. Se m'acosten, em fan una abraçada. Estava tan angoixada, ho duia tan endins, que sense adonar-me'n, em comencen a caure les llàgrimes.

—I ara, per què plores, tu?

—És que... Em feia por que us enfadéssiu... —Em costa parlar entre llàgrimes. La Berta em fa una abraçada, la Laila em dona un mocador de paper mentre riu—. Em sento com si us estigués traint, però també penso que... que he de marxar.

—Estem súper contentes per tu! —em diu la Raquel, càlida.

—Ja... Però és que... Us trobaré molt a faltar!

Esclato a plorar, ja no puc més. Sangloto, però a la vegada ric, perquè em sento lleugera, perquè l'única cosa que no encaixava de sobte ha trobat el seu lloc i tot es fa real, tot cobra sentit. M'adono que marxo perquè vull i que no passa res, que d'aquí a una setmana me'n vaig. No abandono a ningú. Me les miro, em miren, totes riem mentre jo segueixo plorant.

—Ara ho veig més clar que mai. Mai m'havia trobat amb un grup on em sentís tan a gust. Tampoc sabia que m'agradava l'hoquei! Gràcies a vosaltres he descobert un munt de coses. I que, si marxo, no és per vosaltres, sabeu? És una cosa que necessito fer jo. Però veniu-me a veure! I cada cop que torni farem un sopar totes juntes. M'ho prometeu? —Totes fan que sí amb el cap—. Ara estic fent un discurset? No m'havia preparat res. Estava molt cagada. Però crec que en el fons gràcies a vosaltres m'he animat a marxar. Perquè a vegades pensava que soc una rara, que soc una pesada, que soc molt intensa...

—Es que eres muy intensa, eso es así. —Totes riuen amb el comentari de la Flor, jo també.

—Sí, soc súper intensa, massa! Però vosaltres heu acollit la meva intensitat, m'heu deixat ser qui era. He vist que no passa res per ser una flipada. Abans pensava que només us havia ajudat per la Lorena, per fer-la contenta a ella. I en part va ser així. Però, alguna vegada que us havia vist entrenar o jugar, desprenícu una complicitat, una unió... Una cosa que em meravellava i que envejava. I em vau deixar entrar en aquesta màgia, i estic tan agraïda que hagueu compartit això amb mi...

A la Raquel li cauen unes quantes llàgrimes, tot i que vol amagar-les.

—Tia, ara ens faràs plorar a nosaltres! —diu la Laila.

—Però és que és veritat! Sou espectaculars. Us ho heu de creure més.

—Ets una exagerada!

—Nosaltres també et trobarem a faltar. Molt.

—Sí, ja ens havíem acostumat a tenir-te a la pista.

—Ara que havies après a agafar un estic... i fots el camp.

—Podràs jugar a hoquei a Berlín?

—Què va... Crec que allà no es porta. Però he pensat que em puc apuntar a l'equip de Roller Derby.

—Què és això? —L'Emma està encuriosida.

—És un esport súuuuper guai. Una mena de curses de patinatge en una pista oval. És bastant bèstia, amb molt de contacte. Però, sabeu el millor? Que és pràcticament exclusiu de ties. Gairebé no hi ha lliga masculina.

—¡Ala! ¡Eso mola mucho! No sabía que existía.

—Muntem un equip aquí? —diu la Laila rient.

La conversa comença a fer-se més intensa, tothom parla amb tothom. Fan bromes, riuen, em pregunten coses. Ja no ploro, intento contestar a tothom, ensenyo fotos del pis que hem trobat. Em van omplint el got d'alguna barreja estranya, i bec i parlo i ric i els repeteixo que les trobaré a faltar i seguim bevent i rient i parlant.

—M'heu de prometre una cosa —els dic, seriosa.

—A veure, primer digues-la i després t'ho prometem o no.

—Em fas una por!

—Prometeu-me que no tornareu a separar-vos com hem fet aquest estiu. Que us parlareu, us explicareu les coses, celebrareu el Sant Joan juntes.

—Celebrarem! Acabat amb *-em*! Totes, amb tu! Pobra de tu que no ens vinguis a veure per Sant Joan! —exigeix la Berta.

—Síii! Però només vindré si no us distancieu tant com aquest estiu. Us he trobat molt a faltar.

—Y yo, tías.

—Jo també...

—M'ho prometeu?!

Totes diuen que sí i ens abracem. Ja no sé quantes abraçades portem aquesta nit, però no vull que s'acabin.

—Heu vist l'hora? —crida de sobte la Berta. Es produeix un silenci tens, estrany—. Anem al correfoc i així conec els Skanyapobres aquests... —Les noies es miren entre elles, no acabo d'entendre què passa, però de sobte l'ambient s'ha convertit en una cosa estranya. La Laila no s'atreveix a dir res, dubta. La Raquel mira cap a terra. Finalment és l'Emma qui agafa la paraula.

—No, no.

—Ara no voleu anar-hi? —pregunta la Berta.

—No és això. Crec que si hi anem, hi hem d'anar juntes!

—Exacte! — diu la Laila —. És la nostra última nit juntes, totes. — Em mira, se'm neguen els ulls.

Recollim ràpid tot el que hem deixat al vestidor, intentant deixar-ho com abans. Totes van sortint i ens quedem la Raquel i jo al darrere.

—Segurament és l'últim cop que trepitjo aquests vestidors. M'esperes un moment? —Trec un permanent de la bossa que duc, i passejo pel vestidor—. Ha sigut una estada breu, però vull deixar marca. —Em decideixo per una cantonada d'un banc, un lloc que no crida l'atenció, però que també es pot buscar i veure sense moure res. Em quedo parada, pensant—. Ai, ara no sé què escriure!

—El primer que et passi pel cap. Alguna cosa que sigui molt teva.

—D'acord! M'has donat una idea! —Ho escric.

—Què hi has posat? —La Raquel s'acosta per mirar-ho. L'hi tapo.

—No, ara no. T'hauràs d'esperar que comenceu els entrenaments. Quan ja hagi marxat.

—D'acooooord. Quin misteri!

La Raquel camina ràpid cap on són les altres. Guardo el permanent. He escrit: «La primera persona del plural no existia abans de les minerves», i miro el vestidor. Apago el llum, tanco la porta.

Quan arribem al correfoc, hi és tothom. Hi ha els nois del masculí i els Skanyapobres, les de patinatge... El carrer està ple, atapeït de gent de diverses edats, tots mirant el foc. Però la Janina no hi és, la busco, però no la veig.

Acaba de començar, hauria de ser-hi.

No has vingut al correfoc??

JANINA: *M'ha fet pal. Tampoc tenia amb qui anar-hi*

Vine!!! Estem x aquí

JANINA: *Nooo, ja ens veurem un altre moment*
Estigues amb elles

Potser té raó. Potser aquesta és la nostra última nit juntes. Potser quan les vegi ja no seran les mateixes, ni jo tampoc. Sí, és la nostra última nit juntes. M'acosto a l'Emma perquè em posi més alcohol al got, i vaig bevent mentre me les miro. No parlem. Les seves cares es van il·luminant amb les espurnes de foc, tanquem els ulls quan espetega algun petard gros. La Flor fa fotos i fa vídeos. L'Emma serveix alcohol a tothom amb l'ampolla que duu a la motxilla. La Berta riu i s'espanta cada cop que s'acosten a ella. La Raquel està recolzada a mi, mig abraçant-me. La Laila s'ha vessat el cubata per sobre i s'està netejant. L'Emma deixa la motxilla recolzada en una paret i es llança a dins del correfoc, estirant la Laila. Es posen a ballar sota les guspires de foc i riuen. La Flor i la Raquel, rient i cridant, s'hi uneixen i es posen sota les centelles. M'hi vull posar, però la Berta té por. Li agafo la mà i l'estiro, dubta, però finalment em segueix.

Hi som totes, sota les espurnes, ballant. I jo me les miro i me les estimo i ja les trobo a faltar.

Fi

Agraïments

Quan vam començar a crear aquesta història, mai ens hauríem imaginat que *Les de l'hoquei* s'emetria a TV3 i a Netflix ni que en faríem un llibre. És per això que volem agrair a moltes persones que han fet possible que aquest projecte arribés fins aquí.

A tot l'equip artístic i tècnic de la primera i la segona temporada de la sèrie, gràcies per haver fet créixer allò que havíem escrit. I a totes les persones que aquell estiu de 2016 van participar de manera altruista en el capítol pilot, gràcies per ajudar-nos a donar vida a *Les de l'hoquei* per primera vegada.

A la Laura Álvarez i a Penguin Random House per haver-nos donat l'oportunitat d'ampliar l'univers de *Les de l'hoquei* i a l'Oriol Sala-Patau, la Conxa Orea, en Joan Sol i Televisió de Catalunya per haver confiat en el projecte des del principi. A en Raimon Masllorens, l'Arlette Peyret i tot l'equip de Brutal Media per haver tirat la sèrie endavant i a la Marta Grau, la Núria Parera i la Cristina Clemente per haver-nos acompanyat per fer-la realitat. Al professorat del grau de Comunicació Audiovisual de la Universitat Pompeu Fabra per donar-nos suport en tot moment i a l'equip del Clúster de l'Audiovisual de Catalunya per organitzar el Pitching Universitat-Industria.

Gràcies també a les nostres famílies, parelles, amigues i amics per totes les hores que han passat escoltant-nos parlar d'aquesta història, per l'ajuda incondicional però sobretot per ser al nostre costat mentre anem creixent.

I a vosaltres, totes les persones que heu arribat fins al final d'aquest llibre, que heu vist la sèrie i que heu estimat les nostres protagonistes tant com ho fem nosaltres. Esperem haver-vos acompanyat en el vostre creixement i que allò que els passa a les Minerva us hagi ajudat d'alguna manera.